こぎつね、わらわら
稲荷神のなつかし飯

松幸かほ

SH
SKYHIGH文庫

おしながき

一 …… 010
二 …… 035
三 …… 063
四 …… 086
五 …… 116
六 …… 130
七 …… 152
八 …… 183
九 …… 193
社畜と萌えちゃダメ選手権 205
陽炎と怪談と青空シーツ 227
稲荷Heavenへようこそ 273

登場人物紹介
illustration
テクノサマタ
加ノ原《かのはら》 秀尚
陽炎《かぎろい》
常盤木《ときわぎ》
薄緋《うすあけ》
萌黄《もえぎ》
浅葱《あさぎ》
豆太《まめた》
寿々《すず》

濱旭《はまあさひ》
景仙《けいぜん》
冬雪《とうせつ》
時雨《しぐれ》
豊峯《とよみね》
十重《とえ》
二十重《はたえ》

加《か》ノ《の》原《はら》 秀《ひで》尚《ひさ》	食事処「加ノ屋」の料理人。26歳。まっすぐな性格で情に厚い。
浅葱《あさぎ》＆萌黄《もえぎ》	双子の狐。浅葱は活発、萌黄はおとなしい系。どちらも頑固。
寿々《すず》	赤ちゃん狐。めっちゃ可愛い。
陽炎《かぎろい》	「あわいの地」警備担当。明るいムードメーカー。
薄緋《うすあけ》	「萌芽の館」の館長である保育狐。時々、怖くなる。
時雨《しぐれ》	オネエ(?)稲荷。可愛いものが大好き♥
冬雪《とうせつ》	本宮との連絡役兼「あわいの地」警備担当。たらし。
景仙《けいぜん》	おっとり系の稲荷。既婚者。
濱旭《はまあさひ》	やんちゃ系の稲荷。機械関連が得意。
豊峯《とよみね》・十重《とえ》 二十重《はたえ》	「萌芽の館」で暮らすちみっこ狐たち。おいしいものが大好き。
常盤木《ときわぎ》	移動店舗『懐《なつ》かし屋《や》』店主。幼い頃の大人稲荷達の面倒を見たこともある。
豆太《まめた》	『懐かし屋』に現れたポメラニアン。何か「心残り」らしきものがある模様。

こぎつね、わらわら

稲荷《いなり》神《がみ》の
なつかし飯《めし》

Inarigami no
natsukashi meshi

「ぼく、このひきだしにするー」

「じゃあ、ぼくはここです」

壁面いっぱいにある、たくさんの小ぶりの引き出しがついた箪笥《たんす》を前に、ふわふわの獣《けも》耳《みみ》と尻尾《しっぽ》のある愛らしい子供たちが、興奮した様子で選んだ引き出しを開ける。

「これ、勝手に開けてはいけませんよ」

注意する優美な面差《おもざ》しの青年——にもふわふわの獣耳と、四本の尻尾がある——の言葉に引き出しを開けた子供たちは、

「じじせんせい、いいっていったよ」

「ひとり、いちにちにいちどだけ、あけていいって、じじせんせい、いいました」

そう主張する。

その言葉に青年は一つ息を吐き、

「無理を言って、約束を取りつけたのでは？」

子供たちの可愛いおねだりを撥《は》ねつけられる者は多くない。

たいていの者は根負《こんま》けするか、最初から白旗をあげて「仕方ないな」とおねだりをきいてしまうのだ。

それを心配して青年は問うが、

「大丈夫ですよ、わりとすんなりＯＫ出されてましたから」

様子を見ていた青年——こちらは耳も尻尾もない普通の人間だ——が言葉を添える。

「ならよいのですが……」

少し安堵《あんど》した様子の獣耳の青年の語尾をかき消すように、

「ちょこれーと、はいってた！」

「ぼくは、ちょこちっぷくっきーです」

引き出しの中に入っていた大好きなおやつを嬉しげに報告する子供たちの声が、室内に響《ひび》く。

ここは「懐《なつ》かし屋《や》」。

不思議な店の、一つである。

一

ここは京都《きょうと》。

といっても市内からは離れた、交通の便もいいとは言い難い、とある山の麓《ふもと》よりはやや上、中腹よりはやや下という微妙な位置に一軒の食事処がある。

名前は「加ノ屋《かのや》」。三十前の年若い店主が一人で切り盛りする店だ。

もともと、ホテルのレストランで料理人として働いていた彼の作る料理はどれもおいしくて、リーズナブルだと評判で、不便な位置にあるというのに訪れる客は多い。

午前十時半に開店すると、閉店時刻の午後五時まで客が途絶えることがほとんどない。

さて、その閉店後の加ノ屋の夜の厨房では、店主である加ノ原秀尚《かのはらひでひさ》が翌日の仕込みをしていた。

その彼の背後では配膳台をテーブル代わりに、数名の客が酒を飲んでいた。

平安《へいあん》貴族風の軽装から、普通のサラリーマンらしいスーツ姿の、今夜は常連フルメンバー五人が集まっていた。

「五人」といっても、彼らは人ではない。

今は、耳も尻尾も隠《かく》しているが、立派な稲荷神《いなりがみ》なのだ。

「なんか、久しぶりにこのメンツって感じだねー」

ビールを手酌で注ぎながら言ったのは、人界で「人の動向調査」のため、人間のふりをして働いている稲荷の濱旭《はまあさひ》だ。快活な青年といった様子の彼がいるといつも場が和《なご》む。

「そういやそうだな。暁闇《あけやみ》殿も宵星《よいぼし》殿も、どちらもいないとは珍《めずら》しい」

そう返すのは平安風装束を纏《まと》った陽炎《かぎろい》である。儚《はかな》げに見える容貌をした彼だが、性格は儚さとは程遠い。

濱旭と同じく快活だが、その快活さは「やらかし系」を伴《ともな》うもので、彼が何かを思いつくとひと騒動起きるのがお約束だ。

「宵星殿は昨日は来てたよね。暁闇殿は……ここ三日くらい見てない気がするけど」

姿を見せない他の客のことを思い出しつつ言うのは、物腰が柔らかく、妙なフェロモンさえ漂《ただよ》わせている気がする冬雪《とうせつ》だ。人当たりのいい彼を、秀尚はこっそり「前世がホスト」だと思っている。もっとも稲荷に前世があるかどうかは分からないが。

「任務に入っちゃったのかもしれないわね」

呟《つぶや》いたのは、濱旭と同じく人界で働いている時雨《しぐれ》だ。中性的な容姿と口調から女性と間違われそうだが、男である。なお、一八〇センチ近い長身のため、立っていると女性と間違われることは少ないが、ないわけではない。

「任務にいつ入るか、基本的に外部に告げられぬのが彼らですが……しばらくご一緒していましたから、少し寂しい気もしますね」

そう言うのは、この中で唯一の妻帯者である景仙《けいぜん》だ。常連五人の中では一番落ち着いていて常識人だが、それゆえに巻き込まれやすい性格でもある。

暁闇と宵星は新たに、居酒屋に来るようになった双子の稲荷なのだが、所属している部署が隠密《おんみつ》行動を主としているため、いつからどんな任務に入るか、ということは同じ部署の者でも知らされないことが多いらしい。

最近、姿を見てないなと思ったら、任務で留守にしていた、といった様子だそうだ。

「まあ、戻ったらここに来るだろ。なんてったって、連中も加ノ原殿に胃袋を掴《つか》まれてるんだからな」

笑って陽炎は言い、続けて、

「さて、次に俺の胃袋を満たしてくれる料理はなんだい？」

と、次のつまみを催促してくる。

普通の人間である秀尚の店に、閉店後、こうして稲荷たちがやってくるようになったきっかけは、まだ秀尚がホテルのレストランで働いていた頃にさかのぼる。

職場でトラブルに巻き込まれた秀尚は、与えられた休暇を使って神社巡りをすることにしたのだが、今、この加ノ屋がある山の頂上近くの神社にお参りをしようとした際に遭難《そうなん》しかけ、気がつくと「あわいの地」と呼ばれる、人間の世界と神様の世界の間にある場所に辿り着いていた。

そこで稲荷の候補生の子供たちや、大人稲荷たちと出会ったのだ。

その時の縁で、こうして人界に戻っても彼らが遊びに来るようになっている。

彼らに出す料理はすべて「供物《くもつ》」ということで無料なのだが——酒はすべて彼らの持ち込みだ——その代わりと言ってはなんだが、辺鄙《へんぴ》な場所にある店にもかかわらず、いい感じに繁盛《はんじょう》させてくれることになっているのだ。

実際、店はたいした宣伝もしていないのにかなり繁盛していて、秀尚が一人で切り盛りするのにちょうどいい——時々、手が回らないくらい忙しいこともあるが、待たされて怒り出すような客はこれまで一人もいない——繁盛具合なのだ。

もちろん、そういう契約があるから放っておいても繁盛するなどと秀尚は思っていない。

そんなことを思って手を抜いたりすれば、彼らに呆《あき》れられるだろうし、約束はなかったことになるような気がする。

もっとも、料理を作ることは天職だと秀尚は思っているので、手を抜くような気はさらさらないのだが。

「次は、ちょっと趣向を変えてこんなものを出してみようかと」

秀尚はそう言ってコンロであぶっていたものを皿に並べて彼らの前に差し出した。

「あ、五平餅《ごへいもち》だ！」

「珍しいね、どうしたんだい？」

ご飯ものの好きな濱旭は餅系も好きらしく目を輝かせ、冬雪は意外なものが出た、といった様子で聞いた。

「友達が長野《ながの》へ行ったらしくて、お土産《みやげ》にくれたんです」

秀尚が答える間に、皿の上の五平餅は秀尚の分を残してあっという間に売り切れる。

「ああ、懐かしいな……」

一口食べて呟いたのは陽炎だ。

「何か思い出でも？」

問う秀尚に陽炎は頷《うなず》いた。

「ああ。俺が初めて使者として、神界の地方の宮《みや》を回っていた時だ。もちろん、俺だけじゃなくて他のベテラン稲荷も一緒だったが、緊張の極《きわ》みでな」

「陽炎さんでも、緊張なんてするんですね」

秀尚の言葉に陽炎は首を傾げた。

「おまえさんの中で、俺はいったいどんなふうなやつになってるんだ？」

「どんなふうって、そのままですよ？　ちょっとやそっとのことじゃ動じないっていうか、むしろどうやったらもっと面白くなるかって感じで遊び倒そうとしてるっていうか」

　さらりと返した秀尚に、聞いていた他の稲荷全員が頷き、

「まあ、大して外れてないよね」

　冬雪が代表して肯定する。

「まったく……。だが、人生は楽しんでいくら、だろう？　とはいえそんな俺でも当時は経験値が低かったからな、いろいろと緊張することもあったわけだ。まあその中でちょっと粗相《そそう》をして、それなりに落ち込んでいた時に向こうの宮の接待役の稲荷が五平餅と茶を持ってきてくれてな」

　陽炎が言うのに、

「どんな粗相したのか気になる！」

　濱旭が、あえて陽炎がぼかした部分に切り込んだ。

「それを聞くか？」

「アタシだって興味あるわよ。陽炎殿が落ち込むような粗相なんて」

　返した時雨に、冬雪と景仙、そして秀尚も頷く。その様子に、

「相手方と、同行した俺の上役稲荷の話が弾《はず》んで、その間俺は、相槌を打つ程度でずっと待ちの姿勢だ。足も崩《くず》さす、な」

　陽炎の言葉に、その後の展開を読んだ全員が、「あー……」という顔になる。

「長い長い話が終わって、それでは、と退室する時、足の感覚が完全になかった俺は一歩目で盛大に素《す》っ転《ころ》んだ。そりゃあ、もう見事にな」

「……知ってる相手ならまだしも、初対面の相手の前だと、気まずいですね」

当時の陽炎の気持ちを慮《おもんぱか》って景仙が言う。

「でも、和《なご》む系の粗相でよかったと思うよ」

冬雪も続け、それに陽炎は頷いた。

「ああ。今の俺なら、そう思うし、笑ってやりすごせるが……当時の俺には、自分の失態で、暗に『おまえらの話が長すぎるからこうなった』的に取られやしないか、とか、『あの程度の正座ができないとは、本宮《ほんぐう》の教育はどうなってる』と侮《あなど》られやしないか、とか、まあいろいろ考えてな。客間に戻って、上役稲荷は酒宴《しゅえん》に出たが、俺は微妙にまだ酒宴には不適当な年回りだったから客間に残ったんだ。そうしたら、向こうの稲荷がってわけだ」

「陽炎殿にも、そんなささやかな失態に胸を痛めるセンシティブな時期があったのねぇ」

時雨がしみじみと言うのに、

「いや、俺は今でもセンシティブだぞ?」

陽炎はそう返しながら、五平餅をかじる。

「センシティブって、どんな意味だったっけ?」

冬雪が首を傾げると、

「感じやすい、とか、敏感、とか？」

濱旭が返す。

「ああ、それなら今もそうなのかな。主に敏感な方向が『面白いこと』に振りきれてるだけで」

冬雪の言葉に全員頷く。

「言いたい放題だな、おまえさんたち」

返しながらも陽炎は笑って、

「そういうおまえさんたちだって、失敗の一つや二つはあるだろう？　冬雪殿はどうだ？」

隣に座している冬雪に振った。

「そうだねぇ……、いろいろあるけど、本宮で初めて白狐様《びゃっこ》にお会いした時に緊張しすぎて、ぼーっとしちゃったんだよね。それで白狐様が心配して大丈夫かって声をかけてくださった時に、『大丈夫です、お母さん』って返しちゃってね」

「お父さんならまだしも、お母さん……」

濱旭が即反応する。

「そうなんだよね、せめて『お父さん』だよね、そこは」

悔《く》やむ冬雪の様子に、そういう問題でもないんじゃないかなと思いながら、秀尚はすき焼き風鍋を出す。

「あら、おいしそう」

「暑い時期に熱いものを出すのもどうかと思うんですけど……中途半端な食材がいろいろあって、もうこれしか思いつかなかったっていうか」

七月半ばともなると、うだるような暑さ、という日も多い。

「ううん、むしろありがたいよ。どうしても普段食べるのって冷たいものとかさっぱり系ばっかりになっちゃうから、知らない間に体が冷えちゃうんだよね」

濱旭が言うのに、時雨が頷く。

「そうなのよね。会社の中もクーラー、ガンガンに入ってるから。うちの部署は女子が多いから女子向け適温にしててアタシ的にはマシなんけど、男子が多い部署だと、どうしてもクーラーの温度が低くなりがちで、そこに配属されてる女子は夏なのに冷えとの戦いって感じよ」

「かといって、今の人界の夏ってクーラーがないと無理な気温だよね」

濱旭が返すのに、時雨は深く頷く。

「前回、人界任務で下りてた時は扇風機も珍しかったけど、まだうちわ一つでなんとかなったのよね」

その言葉に秀尚はふと湧《わ》いた疑問を口にした。

「ちなみに、いつ頃の話ですか？」

「明治《めいじ》の終わり頃よ。短期任務で二年ほどね」

時雨はさらりと返してくる。

「昭和《しょうわ》ですらなかった……」

呟いた秀尚に、時雨が聞いた。

「あら、秀《ひで》ちゃん生まれたのって昭和？　それとも平成《へいせい》？」

「平成です」

「あら、そうなのね。若いわぁ……もう本当に、つい最近って感じ」

しみじみ、といった様子の時雨に、隣の濱旭も頷く。

「四、五年前？　ってくらいの感覚だよね」

彼ら稲荷は長命だ。外見的には秀尚とさほど変わらないように見えるが、正確に何年生きているかは分からないものの、少なく見積もっても二百年近く生きているらしいことだけは、会話の端々から感じていた。

そんな彼らからすれば二十数年前など、ほんのつい最近だろう。

「昭和が長かったからねぇ。六十年ちょっとあったから」

「前期、中期、後期、といったように二十年ずつ区切りで世代を考えたほうがいい長さですね」

冬雪の言葉に景仙が返し、それに全員が頷いたが、

「昭和はまだ二十年で区切っても問題ないかもしれないけど、それ以降は、もっと短いスパンで区切らないといけないよね」

濱旭がそうつけ足す。

「確かにそうだわ。十年単位でもどうかしらって感じよね」

時雨が言い、秀尚も同意する。

「流行のサイクルが短いせいもあるのかもしれませんけど、五年離れたらちょっとズレがあるなって感じはします」

「五年か……俺たちで言えば一週間前くらいの感覚だな」

苦笑いする陽炎に、

「一週間は言いすぎじゃないかな。一ヶ月くらいじゃないのかい？」

冬雪は多少長く見積もるが、

「みっちりぎっしりの一ヶ月ですね……」

秀尚にしてみれば、この五年の出来事を一ヶ月に凝縮したら、おなかいっぱい！　な感じだ。

「まあ、おまえさんたちとは寿命が違うからな。俺たちからすれば、人はあっという間に

成長するなと思うぞ」

「人間の感覚だと、仔猫や仔犬があっという間に成長しちゃう、みたいな、そんな感じですか？」

秀尚の問いに、

「それに近いかなぁ。でも、犬とか猫って、見た目に人間ほどはっきりとした老化って感じないんだよね」

濱旭が頷きながら言う。

「やっぱり被毛で皺《しわ》が隠れるからじゃないかしら？　中途半端に毛が生えてるから、脱毛しなきゃって悩んだり、皺とかシミで悩んだりしちゃうのよねぇ。女子会の面々、毎年のように、美容脱毛と医療脱毛で悩んでるわよ」

ため息交じりに時雨が言う。

「いっそ、人間も犬や猫並みに毛が生えればいいのかもしれないね」

冬雪が爽《さわ》やかに提案してくる。

「それはそれで、きっと毛艶とか、どの場所にブチが出たかとかで悩むと思うがな」

陽炎の言葉に、時々豪快な印刷ズレに似たものを感じさせる猫を見かけるな、と秀尚は思いつつ、次の料理の準備に取りかかった。

◆◇◆

翌朝、秀尚はいつものように仕込みのために早く起きた。

夏といっても、山の中と言っていい立地条件下にあるここでは、市街地に比べて早朝の空気はひんやりとしていて心地がいい。

もっとも、この空気の冷ややかさも朝の僅《わず》かの時間だけで、すぐにクーラーが必要になるし、そのうち、一晩中クーラーをつけていなくてはならなくなる。

——最近の夏って、本当に暑すぎるんだよな……。

そんなことを考えながら寝起きの少しぼんやりとした頭で洗面所に向かい、歯を磨《みが》いて顔を洗っている間にしゃっきりしてくる。

——今日は日中、気温がかなり上がりそうだから冷製パスタの準備を多めにして……。

頭の中で仕込みの段取りをしつつ、洗面所を後にした秀尚は部屋に戻る途中、ある違和感を覚えて廊下で足を止めた。

そこに、壁に、扉があったのだ。

洗面所に向かう時は気づかなかっただけかもしれないが、昨日まで、そこにそんな扉はなかった。

——だって、ここって、俺の部屋の押し入れの裏だろ？

位置的にそのはずだ。

そして、部屋の押し入れは人間界と神界の狭間《はざま》にある「あわいの地」と繋《つな》がっていて、そこから秀尚の許に「あわい」にある「萌芽の館《ほうがやかた》」という、お稲荷様になる素養を持った仔狐の養育施設から、仔狐たちが遊びに来るのだ。

——もしかしたら、何か不都合が出て、ここに扉をつけ直した、とか？

そんな話は特に聞いていないが、緊急措置的なものだと言われれば納得もいく。

そして、あわいと繋がる扉は秀尚が開けたところで何も起こらない造りになっている。そうでなければ、秀尚が押し入れを使えなくなるという面倒なことになるからだ。

だからこの扉も、秀尚が開けようとしたところで開かないか、開いても壁、ということになるだろう。

——念のため確認するか……。

秀尚はドアノブを掴んだ。

カチャっと軽い音がしてドアノブが回り、扉を開くと、そこは壁——ではなかった。

天井まで届きそうな高さのある、小さな引き出しがいくつもついている箪笥と、二人がけくらいのカウンターテーブル、そして一組の丸テーブルとイスのある、ちょっとした喫茶店といったような雰囲気の部屋になっていた。

そして、カウンターの向こうには着流しを纏う白髪のおじいちゃん――とはいっても、明らかに人ではない。なぜなら、クリーム色の獣耳と複数の尻尾があるからだ。

その白髪の『人ではない者』は秀尚に気づくと、にこやかに微笑《ほほえ》み、

「おや、いらっしゃい」

ウェルカムな様子を見せたが、秀尚はとりあえず開けた扉を「そっ閉《と》じ」した。

――落ち着け、俺。まだ寝起きだし、寝ぼけてるか、疲れてるんだ……。

目を閉じて自分に言い聞かせ、再び目を開ける。

すると、さっきまであった扉は、やはりそこにあり――秀尚は胸の内で小さくため息をつきながらも再び扉を開けた。

当然のように、先程のおじいちゃん稲荷がいて、やはりにこにこしていた。

「おはようございます？」

何か言わねばならんだろうと、秀尚はとりあえず朝の挨拶《あいさつ》をしてみる。

「おはようございます、挨拶のできるいい子ですねぇ。年寄りの朝は早いものですが、あなたも随分、早起きだ」

おじいちゃん稲荷はそう言って、笑う。

――……。

こういうとんでも展開や、稲荷慣れしている秀尚ではあるが、戸惑《とまど》わないわけではないのだ。

片方の手で、軽くこめかみのあたりを押さえながら、まずは事実確認だな、と、ただでさえ寝起きでやや動きの鈍《にぶ》い思考回路を動かす。

「えーっと……お稲荷様、ですよね？」

見慣れた耳と尻尾からして、間違いないとは思うのだが、念のため聞いてみた。

「そうですねぇ、多くの人は私たちを『お稲荷様』とお呼びになりますね」

「ホントは『神使《しんし》』っていうらしいってことは、知ってます」

秀尚が返すと、おじいちゃん稲荷は少し驚いた顔をして、

「おや、博識でおいでだ」

そう言いながら、やはりにこにこしている。

ゆったりとしたそのペースに巻き込まれそうになりつつ、

「いろいろ、突っ込みたいところは満載なんですけど、ここで何を？」

単刀直入《たんとうちょくにゅう》に聞く秀尚に、

「話せば長くなりますので、詳しい話は食事をしながらにしませんか？」

おじいちゃん稲荷はそう提案してくる。

「はあ……？」

いきなりの提案に秀尚の反応は鈍い。

――この状況でいきなり飯の話とか……。

正直呆れるしかないのだが、秀尚の鈍い反応に、

「おや、朝ご飯は食べない派ですか？」

おじいちゃん稲荷はそう言って首を傾げた。

「いえ、食べますけど……」

秀尚がそう返すと、にっこり笑って、

「では、私もご相伴《しょうばん》にあずかるとしましょう」

と、完全に秀尚にごちそうになる気満々で言ってきた。

――結局、俺が作んのか……。

そうは思ったが、仔狐たちに送り届ける朝食を作るついでもある。

「いいですよ。俺、ちょっと着替えてくるんで、ここを出た先にある階段のところで待っててください」

「分かりました。では後ほど」

穏《おだ》やかに微笑んで送り出してくれるおじいちゃん稲荷に軽く目礼して、秀尚は着替えに自分の部屋に戻った。

秀尚は「加ノ屋」を始める以前、ホテルのメインダイニングでシェフをしていた。だが、ちょっとしたトラブルが起こった際、

『そうだ縁切り寺、行こう』

と安直に思い立ち、縁切りの神社に行ったついでに様々な神社や寺巡りをすることにした。

その最中、道に迷ったあげく、足をくじいて身動きが取れなくなり、雨に打たれて体力を消耗し——このまま死んでもいいか、などと感傷的に思って意識を失い、目が覚めたら、「あわいの地」と言われる場所にいた。

そこは、人の住む世界、つまり秀尚が普通に生活をしている世界と、神様の世界の狭間にあるところで、そこには将来、稲荷神になる候補生の仔狐たちが集《つど》い、「萌芽の館」と名づけられた館で暮らしていた。

元の世界に戻れるようになるまで、秀尚はそこに世話になり、世話になっている間、彼らに料理を作っていたのだ。

それが縁で、無事、人間界に戻ってきてからも、萌芽の館の子供たちに、三食作って届けることになっている。

夜に大人稲荷たちがやってくるのも、その時の縁だ。

子供たちの朝食のメニューは、最近はほぼ和食だ。

以前はパンを出すこともあったのだが、パンに合うおかずとなると、スクランブルエッグかベーコンエッグになることが多い。

どちらも、冷めるとあまりおいしくない、と秀尚は思っている。おいしく食べてもらうために、食べる直前に送る、ということができればいいのだが、それも店の仕込みのこともあるので難しい。

温め直してもらえばすむのだが、卵料理は火加減が難しく、温め直すのも意外と難しいのだ。

そのため、朝食のパンの日は今ではほとんどなくなってしまい、たまに、加ノ屋が休みの日に、彼らが食べる時間に合わせて秀尚が料理を送ることができる時だけ、という感じだ。

今日は加ノ屋の営業日なので、和食である。

メニューは味噌汁、小鉢、メイン、ご飯と決まっていて、下ごしらえの必要なものは前夜のうちに仕込みをすませておくので、慌てることもない。

味噌汁はわかめと麩《ふ》、小鉢は小松菜とツナのおひたし、メインは出汁巻き卵二切れずつと、焼き鮭《じゃけ》だ。

手際良く準備を終え、送り紐《ひも》――見た目は一本の紐なのだが、その紐で作った円の中に

届けたいものを置くと、紐の本来の持ち主のところに届くという不思議なものである――で、揃った料理を送り届けると、

「ブラボー。見事な手際ですね」

拍手と共に、おじいちゃん稲荷が言った。

「いや、それほどでも……」

そう返しつつも、褒《ほ》められて悪い気はしない。

「さて、お待たせしましたが、朝ご飯にしましょうか」

秀尚はそう言って、館に送る分と一緒に作って取り置いていた自分たちの分の朝食を配膳台に並べ、常連稲荷たちがいつも使っているイスを置いた。

「本当においしそうだ。では、いただきます」

おじいちゃん稲荷は腰を下ろして手を合わせると、まず味噌汁を飲んだ。

「ああ…、落ち着きますねぇ……。お出汁の鰹《かつお》がよく出て…」

「昆布《こんぶ》と鰹の合わせ出汁なんですけど、俺の好みで鰹を多めにしてるんです」

「鰹だけで作ることは？」

「たまにありますけど、やっぱり昆布の旨味も必要だなって感じて。奥行きが違うっていうか……」

秀尚が言うと、おじいちゃん稲荷は納得したように頷いた。

「なるほどねぇ……。…うん、この出汁巻き卵もまた絶品ですね」

目を細めて褒めてくれるのに、秀尚は、ありがとうございます、と返し、朝食を続ける。

そしてお互いに三分の一ほど食べたあたりで、

「ああ、お食事がおいしくて忘れていましたが、自己紹介もしていませんでしたね」

おじいちゃん稲荷はそう言って、

「私は、常盤木《ときわぎ》と申します」

名乗った。

「あ、どうも……。加ノ原秀尚です」

とりあえず秀尚も自己紹介をする。

常盤木は相変わらずにこにことしながら、

「加ノ原殿はお若くていらっしゃるのに、こうしてお店を構えておいでなのですねぇ」

そう言った。

「えーっと、いろいろとご縁があって…いろんな方によくしてもらいながら、ここで仕事させてもらってます」

「いえいえ、なかなかできることでは。私も今は小さな店を構えておりますが」

「あ、さっきの?」

秀尚が問うと、常盤木は頷いた。

「そうです、そうです。『懐かし屋』という移動店舗です」

「移動店舗……」

　何をどうやったら、いきなり人の家の壁の中に移動してくることになるのかと突っ込みたいわけだが、彼ら稲荷のすることは突っ込みどころ満載なのは秀尚もよく知っているので、説明を待った。

「移動店舗と申しましても、基本的に人が入ってくることはありません。次元にできる店舗ですので。ただ、店の出入口は既存の建物の一部にも作りますので、神界の者と強い繋がりを持つ方なら、店を見つけることはできますし、店を本当に必要としている方も同じく店を見つけて入っていらっしゃいます」

「既存の建物の一部……つまり、さっきみたいに、うちの壁にいきなり、みたいな？」

　その言葉に常盤木は頷きつつ、

「普段は、道路に面したところに作るんです。でも、店を必要としない方々には認識されませんが、必要とされる方もいらっしゃるので、全国を転々としているわけです。それで、今回は、ここにご厄介《やっかい》になりました」

　穏やかに笑いながら言う。その様子に、

「ああ、もう決定事項な感じなんですね……」

　秀尚は諦《あきら》め顔で返した。

「おや、物分かりのよいお方で」

「そういう無茶ぶりには、結構慣れてるっていうか……」

返す秀尚は半笑いだ。

その秀尚に常盤木は、

「まあ、そうでしょうなぁ」

と納得したように頷いた。

「そうでしょうなあって……、えっと、俺のこと、何か知って？」

初対面のはずだが、常盤木の様子からは秀尚のことを知っているとしか思えない感じがした。

「なかなかに興味深い場所がある、と、噂《うわさ》で。通う稲荷も多いそうですな」

ふぉっふぉっふぉ、と笑う常盤木に、秀尚は「そうでしたか」とだけ返した。

というか、もう決定事項なら騒《さわ》いだところで彼らには通用しない、というのがこれまでの経験で分かっていることだ。

そして、こちらが一方的に不利なこともしない、ということも。

「えーっと……決定事項なら仕方ないっていうか、事情があってのことだと思うんで、壁に店ができてるのは、別にいいです」

「おや、ありがたい」

「ただ、うちの店に悪い影響が出たりするようなことはやめてくださ い。あと、常盤木さんのご飯が必要なら準備しますけど、大したものは出せないです」

秀尚が心配なのは、加ノ屋の営業に差し障《さわ》りが出ることだけだ。

差し障り、には「切り盛りする秀尚を疲弊させるような事態」も、無論含まれる。

だが常盤木は、

「おや、私の食事も作ってもらえるんですか」

そっちに食いついてきた。

「食べなくても平気っぽいっていうのは、聞いてるんですけど……オプション的な感じでいるんなら」

「この出汁巻き卵は、週に何度ほどいただけますか」

「気に入ってもらえたなら、今夜も作りましょうか？　昼間は店があるんで、無理ですけど」

「おや、嬉しいですねぇ」

顔をほころばせる常盤木に、じゃあ夜に、と約束し、その後は食事をしながら細かいこと——たとえば昼食は店のランチが落ち着いた頃合いに、残りものですませることになるということなど——を伝えた。

秀尚は開店準備に入り、常盤木は懐かし屋に戻る。

「では、これからよろしくお願いします。ごちそうさまでした」

「こちらこそ、よろしくお願いします。お粗末《そまつ》さまでした」

食事を終え、互いに挨拶をして、常盤木は「懐かし屋」に戻り、秀尚は開店準備に入った。

こうして、奇妙《きみょう》な同居生活（?）は始まったのである。

二

夜、営業が終わった加ノ屋の厨房には、八時前くらいを目安に常連稲荷たちが集まってくる。

今夜も常連の五人が勢揃いしていた。

「やっぱりあの二人、任務みたいねぇ」

ビールをコップに注ぎながら時雨が呟く。あの二人、というのは無論、新たに常連になった暁闇と宵星の双子稲荷だ。

「しばらくはこのメンツだな」

陽炎が言うのに冬雪が頷き、

「いつものっていうか、元のメンバーに戻ったってだけなんだけど、七人でいることも結構多かったから、なんか空間広いなーって気分になるよね」

と、続ける。

「慣れって怖いね。最初は狭くなったなーって思ったけど」

濱旭も笑って言う。

「五人に慣れた頃に、戻ってくるんじゃないですか？　はい、お待たせしました、鶏のさっぱり煮です」

秀尚は甘酢で煮込んだ鶏肉を大皿で出す。

「あ、俺、これ大好き！」

「アタシも。あら、今日は骨つきじゃないのね」

真っ先に反応して箸《はし》を伸ばした濱旭に続いて、時雨が皿に盛られた鶏肉を見て問う。

「この前、手羽元出した時に時雨さんが、指が汚れるのを気にしてたので、モモ肉にしてみました」

手羽元は骨つきなので箸で綺麗に食べるのはなかなか難しく、最終的に、みんな手で掴んで食べていた。

その時に時雨がしきりに指先を拭《ぬぐ》っていたので――他の面々は指先を舐《な》める程度で終わらせたりしていた――今回は箸で食べられるように骨のないモモ肉にしてみたのだ。

「もう、秀ちゃんったら、その気遣い……！　本気で嫁に来てほしいわ……むしろ嫁《とつ》いでもいいわ、アタシ！」

時雨が感動した様子で言う。

「おおっと、時雨殿、抜け駆けはならんぞ」

陽炎が待ったをかけるように言い、

「大将《たいしょう》を巡ってては、いくらこの五人…景仙殿は奥さんがいるから抜くとして、この四人でも仁義なき戦いだからね」

濱旭も続ける。その言葉に、冬雪は何かに気づいたらしく、ハッとしたような顔をして言った。

「待って……。むしろ四人の今がチャンスなんじゃないかな。暁闇殿と宵星殿だって、いつ参戦してくるか分からないんだから」

「それもそうだな。これは、うかうかしてられんぞ」

腕組みをして考え込むような姿を陽炎が見せたところで、

「安心してください、全部まるっとお断りです」

秀尚が一蹴《いっしゅう》するところまでが、この手の話題になった時のお約束の流れだ。

「相変わらず見事なぶった切りねぇ。でも、ここに来ればおいしいもの食べられて癒《いや》されるって分かってるから満足だけど、ここがなかったら、アタシ、絶対に何かペット飼ってたと思うのよね」

時雨が言うと、濱旭が深く頷いた。

「分かるー！　俺、前はよくペットショップ見たり、猫カフェ行ったりしてたよ。出張がちだから飼うのは諦めてたけど」

「狐が猫カフェか……」

　冷静に呟く陽炎に、濱旭は屈託《くったく》なく笑い、

「でもさー、猫カフェに行ったら、猫が出迎えに来てくれたりするんだけど、その猫にもれなく怪訝《けげん》な顔されるんだよねー。『えっ！　おまえ……、え？』みたいな。まあ、すぐに慣れてくれるんだけど」

　経験談を話す。

「やっぱり気づくものなんですね」

　景仙が言うのに、今度は時雨が頷いた。

「あの子たちって、やっぱり、気配に聡《さと》いのよね。女子会のメンバーが猫を飼いだしたっていうか、保護猫のホームページで一目惚れした子がいて、その子のためにペット可の物件に引っ越して飼い始めたのよ。それで、引っ越し祝いにみんなで遊びに行ったんだけど、アタシを見て、やっぱり戸惑った顔してたわ」

「……時雨殿の場合は、どの意味で戸惑ったのか、判断に困るな」

　陽炎が言うのに、秀尚、冬雪、景仙は笑っていいのかどうか迷った。

　時雨がオネエ口調なのは『演技』らしいことは知っているが、それでも、やはり躊躇《ちゅうちょ》してしまうのだ。

「それもそうだよねー。俺の場合、狐か人か、だったけど、時雨殿の場合、男なの？　女なの？　で、人なの？　本当に人間なの？　って感じで」

だが、明るく濱旭が言ってくれたおかげで、三人は安心して笑うことができた。

「猫にも怪訝な顔されるけど、今じゃ会社の男子トイレで顔合わせた時に、男子社員から怪訝な顔される勢いよ」

時雨が笑って言う。

「確かに混浴露天風呂で、時雨殿が肩まで浸《つ》かってたら『ラッキー』って思っちゃうかもしれないね」

冬雪が言い、陽炎が、

「それで、時雨殿が上がろうと立ち上がった瞬間に、思うんだろう？　『デカい』って」

笑ってつけ足す。

「その『デカい』も、どの意味か判断に迷うんだけど」

無邪気に濱旭が突っ込んで、今度は全員が素直に笑う。

無論、一八〇近い長身のための「デカい」か、シモ的な意味か、だ。

「あら、どっちの意味でも光栄よ？」

笑いながら時雨が返した時、

「随分楽しそうですねぇ」

のんびりとした声が、二階へと続く階段の登り口から聞こえた。

その声の主を確認した瞬間、

「「「「「常盤木殿！」」」」」

常連稲荷五人はこれ以上ないピッタリのタイミングでハモった上に、一斉にザッと立ち上がり、ピシっと気をつけの姿勢になる。

それまでのゆるっとした雰囲気から、一転、規律に厳《きび》しい体育会系さながら、といった皆の姿に秀尚は驚くが、常連稲荷たちも「まさかの人物登場」という様子で驚いていた。

その中、常盤木は笑いながら、みんなのいるカウンターに歩み寄ってきた。

「にぎやかだと思ったら、おまえさんたちでしたか」

「お店、もう終わったんですか？」

秀尚が問うと、常盤木は頷いた。

「ええ、先程、最後のお客様がお帰りに」

加ノ屋が閉店した後、一緒に夕食を取ったが、まだもう少し店を開けていないとならないからと常盤木は「懐かし屋」に戻ったのだ。

秀尚が常盤木と話している間に、常連たちは新しいイスを出し、配膳台の上を適当に片づけて常盤木の席を作っていた。

「常盤木殿、どうぞこちらに」

時雨が常盤木に席を勧める。その口調からはいつものオネエの気配が消えていた。

「では、少しお邪魔しますか」

常盤木はそう言って腰を下ろすと、「おまえさんたちも、お座んなさい」と声をかけ、それを合図に常連たちは腰を下ろした。

「皆さん、顔見知りなんですね？」

秀尚は言いながら、とりあえず常盤木にお茶を出す。

常連たちと常盤木の様子から察するに、知り合いであり、なおかつ、やや緊張する相手であるらしいことが分かった。

「まあ、そうですねぇ」

にこにこしたまま言う常盤木の言葉に、

「加ノ原殿も本宮に『仔狐《こぎつね》の館《やかた》』って場所があるのは聞いたことがあるだろう？」

陽炎が言った。

「ああ、はい」

今はあわいにいる子供たちも、もう少し大きくなればそちらに移ると聞いている。

「常盤木殿は、そこの元館長でいらっしゃる。ほとんどの稲荷が子供時代、常盤木殿の世話になっている」

陽炎の口調も普段とは少し変わっていて、礼節をわきまえた、といった感じだ。

「へぇ、そうなんですね……。じゃあ、ここにいる皆さんの子供時代も、常盤木さんは知ってるんですか?」

興味津々《しんしん》で秀尚が問うと、常盤木は頷き、

「皆、いい子でしたよ。……大体は」

そう言って笑う。

「『大体は』ってところに含みが、かなり……」

気になって「そこのところ詳しく」というつもりで繰り返した秀尚に、

「どんないい子も、一度や二度、雷《かみなり》を落とされるようなことはするものです」

相変わらず穏やかに微笑みながら常盤木は言う。

「……陽炎さんが一番、雷の回数多そう……」

呟いた秀尚に、

「おまえさんは、俺のことを誤解してるんじゃないか?」

陽炎は首を傾げつつ言った。しかし、常盤木は、

「まあ、トップテンには入りますか……」

叱った回数の多さを肯定して、陽炎は苦笑いした。

「やっぱり多いんじゃないですか」

「多いが、一番じゃない」

開き直るようなことを言う陽炎に常盤木は目を細めつつ、

「ここでトップテン入り二人と会うというのも、感慨《かんがい》深いものですね」

もう一人、やらかし上位者がいることを示した。

——え、誰だ？

景仙ではないだろう。何しろ、誠実さが服を着て歩いていると言ってもいいタイプだ。

前世がホスト（仮定）の冬雪も違う気がする。

——そうなると残るのは……。

秀尚が脳内で推理をする中、両手を配膳台の上に綺麗につき、

「その節は、本当に申し訳ありませんでした」

頭を下げたのは、時雨だった。

「え、時雨さんなんですか？　俺、てっきり、濱旭さんかなって……」

うっかり秀尚は濱旭の名前を出したが、彼はまったく気を悪くしたふうもなく、

「俺、いい子なほうだったよー」

と、笑う。

それに常盤木は微笑むと、視線を時雨へと向けた。

「短気は、少し収まりましたか？」

「心がけてます」

殊勝《しゅしょう》な様子で返事をする時雨に、常盤木はうんうんと頷きつつ、

「時雨殿は普段は大人しいのに、何かあった時はやりすぎる、ということがありましたからね。すぎた行《おこな》いは、やがて自分を傷つけるものです」

諭《さと》す、というよりは、もっと穏やかで包み込むような優しい口調で言った。

それに時雨が「心します」と神妙な面持ちで返すのを見て、

「スネに傷を持つ身はつらいな」

もう一人の叱られ回数トップテン入りを話している陽炎が、傷を舐め合うように笑って言う。

「陽炎殿は、相変わらずいたずら好きのようですね」

常盤木が笑いながら言うのに、秀尚は深く頷いた。

「ええ、それはもう。何かあったら、まず陽炎さんを疑って間違いないレベルで！」

「おい！　誤解をされるようなことを言うもんじゃない」

「……まあ、遠因《えんいん》が陽炎殿ってことも含めれば、そんなに間違ってないよね」

冬雪が秀尚に加勢した。

「冬雪殿も、随分火の粉を被《かぶ》ったクチですからねぇ」

常盤木が懐かしげに笑う。

「冬雪さんが火の粉を？　ってことは、陽炎さんと冬雪さんって年近いっていうか」

稲荷たちはみんな長命であり、こうして人の姿をしていると、みんな同年代にしか見えないのだが、意外と年齢が離れているらしいのだ。

「僕と陽炎殿は丁年《ていねん》の頃から一緒でね」

「ていねん？」

多分秀尚の知っている「ていねん」とは漢字が違うんだろうなと思って問うと、

「仔狐の館は成長度合いから、甲乙丙丁《こうおつへいてい》の四つの段階に分けられるんです。間もなく本宮に見習いとして上がる子供は甲、一番年若い子供は丁ですね」

景仙が説明してくれた。

――小学校から一緒みたいな感じでいいのかな……。

なんとなく想像して頷く。

「僕は純粋な子供だったからね。陽炎殿が目をキラッキラさせて楽しそうに話す計画が魅力的に思えて……」

遠い目をして、冬雪が呟く。

「つまるところ、口車《くちぐるま》に乗ってしまった、ってことでいいです？」

秀尚が感じたままを言うと、

「口車とは酷いんじゃないか？」

陽炎が難色を示すが、

「その認識でかまわないよ」

冬雪は即座に返してきた。なんなら陽炎の語尾に被せる勢いで。

「一体、何やらかしたんですか。冬雪さんがこんな勢いで返事するなんて、あんまりないですよ？」

追及する秀尚に、陽炎は、

「冬雪殿が大袈裟《おおげさ》なだけで、大したことはない」

と、とぼけようとするのに、ふぉっふぉ、と常盤木が笑った。

「そうですねぇ、おやつの干菓子《ひがし》を『池に落とした』と嘘をついてちょろまかしたり、たまに本宮の祭りなどの時にもらえるお下がりの料理からかまぼこを残しておいて、それを餌に池の鯉《こい》を釣ろうとしたり……ああ、そうそう、卵を温めて雛《ひな》を返そうと、ゆで卵を懸命に温めようとしていたこともありましたねぇ……。結局、飽きて放置された卵が腐《くさ》って、すさまじいことになりましたが……まあ、このあたりは可愛らしいものですね」

披露《ひろう》される過去のいたずらに陽炎は居心地の悪そうな顔をする。

「可愛らしくないものになると……何が？」

興味津々で秀尚が問うと、陽炎は開き直ったのか、

「傷のありすぎるスネだが、まあ無難なのを一つ披露するなら、シーツの四方を両手足に結びつけたら飛べるかどうかを実験しようと二階の窓から飛んでみたものの、シーツが木の枝に引っかかってな。宙《ちゅう》ぶらりんになったこととか」

苦笑いして言う。

「それ、ヘタしたら怪我してるじゃん」

即座に突っ込んだのは濱旭だ。

他の面々も頷くが、その中でも冬雪は、

「どうして止めなかったたって、あとで一緒に怒られたんだよね、僕」

恨《うら》み節《ぶし》である。

「陽炎殿は、面白そうだと思うと、考えずにやってしまうところがありましたからねぇ」

と笑う常盤木に、

――それは、今もです……。

胸の内で秀尚は呟いた。

「今、出てきたのでもまだ無難な範囲なんでしょ？　俺、陽炎殿と館の時期が合わなくてよかったたってちょっと思ってる」

そう言う濱旭の言葉に、秀尚は首を傾げた。

「濱旭さんは、この中の誰かと子供時代が一緒だったたってことはないんですか？」

「ないよー」

「濱旭殿は、この中では一番若いでしょうかね。その次に若いとなると……時雨殿」

濱旭の返事に続けて、常盤木が説明する。

「私の少し上に景仙殿と香耀《かよう》殿だけど、私が丙組の時に二人は甲組でほとんど交流がなくて……。香耀殿は女の子で珍しかったから覚えてるけど、景仙殿のことは正直」

時雨が言ったが、常盤木がいるからか、自然とオネエ口調は封印されていた。

「ああ、香耀殿。懐かしい名前を聞きましたねぇ。景仙殿の奥方になられてしばらくになりますが、お元気で？」

目を細め、常盤木が問うのに景仙は頷いた。

「息災《そくさい》にしております。今は別宮《べつみや》に」

「そうですか。二人は同郷の幼馴染みの仲良しさんでしたからねぇ」

常盤木の言葉に、

「俺たちが本宮で見習いを卒業してすぐの頃、今度、館から見習いで上がってくる中に女子がいるってみんな楽しみにしてたのになぁ」

「速攻で声をかけた男子が、『景《けい》ちゃんと、結婚の約束をしてるんです』ってにこやかに言われたっていって、心を折られてたよね……。まあ、僕たちも、間接的に折られたわけだけど」

陽炎と冬雪が遠い目で呟く。

人の姿に変化《へんげ》できるまでの能力を持つ稲荷には、なぜか女子が少ない。

ただ、少ない分、強い力を持つらしい。能力の強さの一つの基準は尾の数らしいのだが、女子は七尾以上になることが確定しているそうだ。

そして七尾以上のいわゆるエリートが集まって仕事をしているのが、景仙の妻の香耀が勤めている「別宮」と呼ばれるところだ。

激務で有名で「虎《とら》の穴《あな》」（狐なのに？）だとか、「社畜《しゃちく》の宮《みや》」だとかの二つ名で呼ばれることも多いらしい。

「まあ、仕方がありません。香耀殿は、小さい頃から『けいちゃん、けいちゃん』でしたから。その頃から、景仙殿の奥方になると信じて疑っていませんでしたからねぇ……」

懐かしげに常盤木は言う。

「じゃあ、景仙さんが押し切られた感じなんですか？」

話の流れからすると、結婚に関しては香耀が積極的だったような感じだ。

「押し切られた、というわけでは。ただ、女性が少ないという状況は、裏を返せば結婚相手として適した男性と出会う確率もあがるということですから……。館を出て、多くの年長の稲荷と出会えば彼女の気持ちが変わるということも充分あり得ましたので」

「ようするに、香耀殿がOKなら喜んで！　って流れで、結婚したってことだよね」

景仙の言葉を、濱旭が簡単にまとめた。

「ねえ、今のってノロケだと受け取っていいのかな」

冬雪が口元に笑みを浮かべて言うが、目が笑っていない。

「一人身には既婚者のどんな話もノロケでしょうかねぇ」

常盤木がふぉっふぉ、と笑う。

「こうなったら、もう飲むしかないな。常盤木殿、何かお飲みになりますか」

陽炎が問うのに、

「いえいえ。じじいは、夜も朝も早いものですから」

と湯呑《ゆのみ》に残った茶を飲み干《ほ》す。

「え、まだもう少しくらい……」

時雨が止めるが、

「しばらくこちらにご厄介になりますから、そのうちに。どうせ、おまえさんたちは毎夜のようにこちらに来ているのでしょう？」

常盤木はそう言って立ち上がった。

「え、しばらく……？」

驚いた顔で時雨が繰り返したが、他の面々も驚き顔は同じだ。

「ああ、言っていませんでしたねぇ。しばらくこちらの二階をお借りして『懐かし屋』を。今日は越してきたばかりですので何かと忙しかったものですから、すっかり疲れてしまいましたねぇ……。じじいになると、ちょっとしたことでも疲れが抜けぬものです。では、またいずれ」

そう言って動き出そうとすると、常連たちは一斉に立ち上がり、常盤木を見送る。

常盤木が二階へと向かい、姿が見えなくなったところで着席する。

「あー、驚いた。まさか常盤木殿がおいでとは」

陽炎が呟くと、

「相変わらずのおじいちゃんっぷりだよね」

笑って濱旭が言う。

「いい子だった濱旭殿にとってはそうよね……」

そう言って息を吐くのは時雨だ。

「時雨さん、口調、戻りましたね」

秀尚が言うと、時雨は目を見開いた。

「え？　戻った？」

「ええ。さっき、今みたいな感じじゃなくて、普通の礼儀正しい男子って感じでしたよ」

「ああ、そういえばそうだったかも」

冬雪が思い出したように言う。

「やだ、気づかなかったわ」

それにみんなが少し笑ったが、常盤木がいた時とはやはり空気感が違う。

「もしかして、皆さん緊張してたんですか？」

秀尚が問うと、

「うーん、緊張っていうのとはまた違うかな」

冬雪が少し首を傾げ、

「幼い頃に随分とお世話になった方ですので、懐かしいのと同時にいろいろ頭の上がらぬこともあると申しますか……」

景仙が言葉を続ける。

「そうだな。いつまでおねしょをしていたか、なんてことまで知られてるからな」

「陽炎殿はそこに加えて問題児だったからね」

冬雪が突っ込み、陽炎はもちろん、もう一人の問題児だったらしい時雨も苦笑いする。

「大将の感覚で言うなら、居酒屋で頭にハチマキ巻いちゃう勢いで飲んでる時に、学生時代の部活動の恩師と会っちゃった、みたいな感じかも」

秀尚が一番想像しやすいたとえをしてくれたのは濱旭だ。

「あー……なんか、分かります」

懐かしくて話が弾んで楽しくて、けれど、節度をわきまえることは忘れない、そんな感じだろうか。

「暁闇さんと宵星さんもいらっしゃればよかったですね」

秀尚が言うと、

「ああ、そうよね。あの二人もお世話になっただろうし」

時雨が言ったが、どこか他人事といった感じだ。

「あれ、時雨さんって確か宵星さんとは見習いの時に一緒だったことあるんですよね？」

暁闇は先に見習いを上がってしまったらしいが、子供時代が被っていてもおかしくはない。

だが、時雨は首を傾げた。

「アタシ、乙組の途中で故郷の稲荷社に帰ったのよね」

「え？　そうなのかい？」

「ホームシックか？」

冬雪と陽炎が問う。

「ううん。故郷の稲荷社に妖力持ちの子が生まれたのよ。ただ、故郷の稲荷社の神使は年若くて子供の世話が不得手って感じで……そもそもアタシが仔狐の館に入ったのもそれが理由だったの。以前の神使は子育ても難なくって、アタシも故郷でそのまま大きくなったんだけど。代替わりの必要が出て、新しく来た神使が子育てはちょっとってことになったから、アタシは本宮に預けられたのよね。で、新しく生まれた仔狐ちゃんは仔狐の館に預けるにも小さすぎる感じだったから、アタシが呼び戻されて、預けられるくらいになるまで遊び相手をって……。それでこっちに戻ってきた時に、もうそのまま見習いに上がったのよ。あの二人は、アタシがいない間に館に来て見習いに上がったから……」

時雨の説明に常連たちは頷いたが、秀尚はいまいち飲み込めなかった。

「えーっと、いくつか疑問があるんですけど、稲荷になる素質のある子供って、みんな本宮にっていうか、あわいに呼ばれるものじゃないんですか？」

あわいの地にある「萌芽の館」は本宮の養育所に行くにはまだ早い幼い子たちが集められていると聞いていたので、年の近い稲荷たちはみんな一緒に育っていくものだと思っていたのだ。

「素質のある子供が全員、本宮へ呼び寄せられるってわけじゃないんだよ」

冬雪がそう言い、説明をしてくれた。

地元の稲荷社が養育に適している場合、そのままずっと地元で学んで稲荷になるという者もいれば、本宮でも学ばせたいから、と子供時代だけは地元で育った後、見習いくらいの年齢になってから本宮にやってきたり様々らしい。

「へえ、いろいろなんですね」

秀尚の言葉に全員頷いた後、

「常盤木殿は、なんでまた、今回ここに？」

陽炎が聞く。

「そういえば、さっき聞くの忘れてたね」

驚いちゃってて、それどころじゃなかったし、と冬雪がつけ足す。

「大将、何か聞いてる?」

濱旭が問うのに、秀尚は常盤木から朝食の時に聞いた説明を思い出しつつ、

「えーっと、確か移動店舗をやってて、それでどこかでうちの店の噂を聞いてて面白そうだと思って来た、みたいな……。『懐かし屋』さんって聞きましたけど」

そう言ってから、「懐かし屋」とは、何屋さんなんだろうかと改めて疑問に思った。

「『懐かし屋』か……」

何か思うところあるような顔で陽炎が呟き、他の面々も似たような雰囲気を見せる。

「え……、なんか、ヤバい系の店なんですか?」

嫌な予感がする、と思いながらも、秀尚は問う。

「え、秀ちゃん、何も聞かないでオッケーしたの?」

秀尚の何も分かっていなそうな様子から、時雨が少し驚いた顔で聞いた。

「えーっと……、何をやってるお店か、までは聞かなかったっていうか……。お稲荷さんがやってるお店だから、悪いものじゃないだろうって思ってて」

神様——正確には神様ではないらしいが、人間にはない不思議な力を持っているだけで、秀尚からしてみれば、彼らは神様と似たようなものだ——が、こちらの害になるようなことは基本的にしない、と信じているので、「ちょっと壁を借ります」と言われた程度の認

識でしかなかった秀尚は、特に聞かなかったのだ。

秀尚の言葉に常連たちは同時にため息をついた。

「おまえさんの人がいいのは知っていたが……」

呟いた陽炎に、

「基本、そこにつけ込む陽炎殿が言うことでもないと思うんだけど」

冬雪は即座に突っ込む。

「え……、断ったほうがよかった的な？」

二人の様子からやや慌てる秀尚に、

「いえ、そうではなく……加ノ原殿の私たちに向けてくださる信頼度の高さに驚いていると申しますか……」

景仙が説明を添えてくれるが、それだけでもなさそうだ。

それに言葉を続けたのは、

「ぶっちゃけ、大将の人がよすぎて、大丈夫かなって心配になるレベルって感じ？　ほら、利用されちゃうっていうかさー、甘えちゃうこっちも悪いんだけど」

濱旭だった。

「そうなのよねぇ……。秀ちゃん、無理めな時は遠慮なく断ってくれていいのよ？」

そう言う時雨の目は、もはや「我が子を見守る母の眼差し」に近いものがあった。

もちろん、年齢的には彼らはみんな秀尚よりもはるかに年上——少なく見積もっても百五十歳以上は年上だ——ではある。もっとも時雨は男なので母ではなく父と言ったほうがいいのかもしれないが。

「ありがとうございます。でも、本当に無理そうなことは頼んでこないと思うし……まあ、陽炎さんに関してはちょっと警戒してますけど」

秀尚は笑って返す。

「なんか一部引っかかったが……」

陽炎は首を傾げるが、

「え？　正当な評価だよ？」

冬雪が言い、常連全員が頷いた。

「えーっと、それで常盤木さんのお店のことなんですけど……、何のお店なんですか？」

そのまま流れていきそうな話題を秀尚は再び俎上《そじょう》に載せる。

常連たちも何の話をしていたのか忘れかけていたようで、ああ、という顔をした。

「『懐かし屋』っていうのは、手短に説明するなら、あの世とこの世に別れた者たちの『心残り』を扱う店だ」

陽炎が言った。

「あの世とこの世……。つまり、死んだ人と、生きてる人、ですか？」

「ああ。生きているうちに伝えておきたかったことや、渡しておきたかったもの、そんな『心残り』のある品物や思いを預かって管理するんだ」

陽炎が説明するのに続けて、

「死者とのやりとりは、高位の稲荷の中でも、特に修練を積んだ稲荷にしかできないのよ。常盤木殿は今、七尾だけど、じゃあ七尾の稲荷なら誰でもできるってわけじゃないの。分かりやすく言うなら『鬼の顔と仏の顔』を持てるようになるくらいに、経験を積んでいる者にしかね」

時雨が言った。

「そういう場所が店の中にあるってことは、なんかちょっと物騒っていうか、危なかったりはしないんですか?」

懸念を口にした秀尚に、

「危なくないようにするための力があるのが常盤木殿なのよ」

時雨がふふっと笑って言う。

「じゃあ、常盤木さんってすごいお稲荷さんなんですね……」

好々爺《こうこうや》といった様子しか、秀尚は今のところ知らないが、説明から察するに優しいだけのおじいちゃんではないのだろう。

「若い頃は九尾にもなれそうな八尾だったというし、セミリタイアのような感じで養育所で俺たちを世話してくださっていた時でも、まだまだ本殿に戻って働いてもらいたいって、事あるごとに頼まれてたような方だからな」

陽炎の言葉に、

──普通に『おじいちゃん』って感じで話しかけたりしてたけど、失礼なのかな……。

秀尚はそう思い、そのあたりについて聞いてみることにした。

「ちょっと、対応を改めるっていうか、丁寧にしたほうがいいですか？」

「僕は、いつもの加ノ原くんの感じでいいと思うけどね」

そう言ったのは冬雪で、陽炎も頷いた。

「変にかしこまるのもおかしいだろう」

「でも、すごいお稲荷さんなんですよね？」

本当にいいのかな、と悩む秀尚に、

「そりゃ、俺たちにしてみたら、頭の上がんない相手っていうか、あれだけど」

「大丈夫よ。秀ちゃんはフレンドリーさと馴れ馴れしさを履《は》き違えちゃう、みたいな感じないから。『親しみを込めつつも然《しか》るべき相手には礼節をもって接する』ってところ、ちゃんとできてると思うわ」

濱旭と時雨が言う。

「そうですか？」

「ああ、安心しろ。俺に対しては時々、対応が塩《しお》すぎる時があるが」

笑って言う陽炎に、

「それは陽炎殿がお悪いのでは……」

そう返したのは珍しいことに、景仙だった。

「まさかの景仙殿の突っ込み」

笑う冬雪に、

「いや、でも基本陽炎殿の無茶ぶりかーらーのー、塩対応だもんねー」

同じく笑って濱旭が言う。

「何を言う、無茶ぶりじゃなく、すべては加ノ原殿の腕前と度量を見込んでのことだぞ？」

陽炎は言うが、

「陽炎殿、いい感じに言い換えてもダメよ」

即座に時雨はそう返した後、秀尚を見た。

「しばらく、また秀ちゃんがお世話する相手が増えちゃったわね」

労《ねぎら》うようなその言葉に、秀尚は軽く頭を横に振る。

「んー、でも常盤木さんは大人だから、手がかかるってこともなさそうだし、ご飯の準備くらいかなぁ……。それだって俺と同じもの食べてもらうから、手間ってこともないし」

「本当に、加ノ原くんは人ができてるよね」

秀尚の返事に感心したように冬雪が言い、それに濱旭が頷きつつ、

「そのできた大将にお願いあるんだけど、そろそろ次の料理、なんか出して」

空《から》になった鶏のさっぱり煮の大皿を見せながら言ってくる。

「あら、いつの間に空になってたの？」

「俺、最初の一回しか取ってないぞ」

「僕もだよ」

時雨、陽炎、冬雪が驚いた顔で空になった大皿を見る。

「大体、俺と景仙殿で食べちゃった。みんな、常盤木殿と話すのに夢中で全然食べないから」

濱旭のその言葉に、

「アンタたち、よくあの状況で食べられたわね……」

時雨が驚き半分、呆れ半分といった様子で濱旭と景仙を見る。

「だって、俺と景仙殿、いい子だったから別に暴露《ばくろ》されて困る話もないし。ねー？」

「そうですね……。皆さんの話を楽しく聞かせてもらいながら、おいしくいただきました」

濱旭と景仙が返すのに、問題児だったらしい陽炎と時雨、そして巻き込まれ組だった冬

雪はため息をつく。

「まあ、そう落ち込まないでくださいよ。すぐ、次の料理出しますから」

秀尚はそう言って、止まっていた調理を再開するのだった。

三

二日後、加ノ屋の定休日が来た。

子供たちが来ることは、朝食の時に常盤木に話した。

もしかすると廊下で子供たちがバタバタするかもしれないし、見つけた扉を開けてしまう可能性もあるからだ。

すると常盤木は、それなら遊びに来る子供たちに挨拶を、と言って、子供たちが来る時刻——大体午前十時前後だ——を見計らって、秀尚の部屋にやってきた。

そして布団を外した炬燵《こたつ》机に向き合って座り、子供たちを待ちながらとりとめのない話をして十分ほど過ぎた頃、

「かのさーん！」

「かのさんきたよー！」

秀尚の部屋の押し入れの襖《ふすま》が開き、そこからふわふわの獣耳と尻尾を持った、人の年齢で言うなら四歳くらいに見える子供たちがわらわらと何人も飛び出してきた。

彼らが、稲荷候補生の子供たちである。

そして現在、秀尚の部屋の押し入れの襖が、彼らが住んでいるあわいの地にある「萌芽の館」と繋がっているのだ。

とはいえ、普通の人間である秀尚が襖を開いても、そこはただの押し入れで布団が入っているだけなので、不自由はない。

「いらっしゃい」

秀尚はいつものように迎えたが、子供たちは一緒に部屋にいる常盤木を見て驚いた顔をした後、

「じじせんせい！」

「じじせんせいだー！」

口々に言って、常盤木の許に駆け寄っていった。

「みんな、常盤木さんのこと知ってるの？」

目を丸くして問う秀尚に、

「じじせんせいは、まえにやかたにいたんだよ」

「おじいちゃんのせんせいだから、じじせんせいなの」

浅葱《あさぎ》という男の子と十重《とえ》という女の子が説明してくれる。

「そうだったんですか」

秀尚が常盤木に視線を向けて問うと、常盤木は笑いながら頷いた。

「この子たちがもっと小さな頃のことですがね。いやいや、みんな大きくなりました」

常盤木はそう言って、近くにいる子供たちの頭を撫《な》でる。

本宮の養育所の所長だったらしいので、もしかすると萌芽の館の館長と兼任していたのかもしれないなと秀尚は察しをつける。

「うすあけさまが、かのさんのところに、おきゃくさまがきてるっていってたの」

「おきゃくさまって、じじせんせいのことだったんだ！」

十重の双子である二十重《はたえ》、それから殊尋《ことひろ》が言う。

「あ、かのさん。うすあけさまが、おきゃくさまにごあいさつにくるっていってました」

そう言うのは秀尚の一番近くにいた萌黄《もえぎ》という子供だ。萌黄は浅葱と双子だが、活発な浅葱とは違いインドア派だし、寿々《すず》という赤ちゃん狐をスリングに入れて抱っこしているので、常盤木を見つけてもダッシュせずに、大人しく歩み寄り、輪の外で秀尚の側に落ち着いたかたちだ。

「おや、薄緋《うすあけ》殿がわざわざ？」

常盤木が言うのに、稀永《まれなが》と経寿《つねひさ》という、まだ人の姿には変化《へんげ》することはできないものの、人の言葉を理解し、話すことができる仔狐たちが、

「ほんとうは、ぼくたちといっしょにくるよていだったの」

「でも、ほんぐうへいくごようじができたから、おひるからきますって」

嬉しげに尻尾をふりふり、報告する。

「そうですか、教えてくれてありがとうございます」

礼を言いながら、常盤木は稀永と経寿の頭を撫でてやる。二匹の尻尾はさっきよりも嬉しげに振られた。

こうしてひとしきりの再会の挨拶を終えると、

「じじせんせいは、いま、なにしてるの？」

浅葱が、常盤木の近況を聞いた。

「今は、小さなお店をしていますよ」

常盤木はごまかすことなく答える。

「おみせ？」

「なんのおみせ？」

「おかしやさん？」

子供たちが興味津々で聞くのに、常盤木は、

「では、お店を見てみますか？」

と誘う。無論、子供たちが断るわけもなく、常盤木は子供たちを引き連れ――秀尚も一緒に――懐かし屋へと向かった。

「はい、ここですよ」

常盤木がそう言って開いた扉の先にある、正面の壁いっぱいの引き出しに子供たちは声を上げた。

「わぁ……」

「ひきだしいっぱい！」

「なにがはいってるの？　じじせんせい、あけてもいい？」

目をキラキラさせて子供たちが問う。

「いいですよ。でも、一人一日、一度だけです」

「どこをあけてもいいの？」

「ええ、好きなところをお開けなさい」

常盤木が許可を出すと、早速、半数くらいの子供たちが「ここ！」と見定めた引き出しを開け始めた。

「あ、みたらしだんごだ！」

嬉しそうに言ったのは実藤《さねふじ》という子供だ。

「わたしはおほしさまのついたかみかざり、きれい……」

「わたしのは、おはながついてる、かわいい！」

二十重と十重は食べ物ではなく、おしゃれアイテムだった。

「ぼくは……あ、しんかんせん！」

豊峯《とよみね》という子供が開けた引き出しには、子供たちが遊んでいるプラスチックの線路の上を走らせることのできるおもちゃの電車が入っていた。

それに興味を引かれて、様子見をしていた殊尋も引き出しを開けた。

「あ、ぼくは、あんこのおもち！」

こういったふうに、みんな入っている品物はバラバラで、ケンカというか取り合いになったりしないかと秀尚は少し心配したのだが、子供たちはそれぞれ見せ合ったりするものの、自分の欲しいものが手元にあるので、満足している様子だ。

「じじせんせい、すーちゃんのぶん、ぼくがあけてもいいですか？」

その中、寿々をスリングに入れて抱っこしていた萌黄が常盤木に聞いた。

「すーちゃん？　おや、これはまた小さな子ですねぇ……」

常盤木はそう言って萌黄の前に膝《ひざ》をつくと、スリングから少し顔を覗《のぞ》かせている寿々をじっと見た。

「じいちゃんに、少し抱っこさせてもらってもいいですか？」

常盤木の言葉に萌黄が頷くと、常盤木はスリングからそっと寿々を抱き取った。

「すーちゃん、はじめましてですねぇ」

にこにこしながら常盤木は挨拶をする。常盤木に抱っこされた寿々は安心した様子で、けれど初めて会う常盤木をどこか不思議そうに見ていた。

「すーちゃんは、すずっていうんです」

「そうですか、可愛い名前ですねぇ。……けれど、魂と体の年齢が少し見合っていないような気もしますねぇ」

　常盤木のその言葉に、

「すーちゃんは、前はもう少し大きかったんです。っていってもこの中では一番のおチビさんだったんですけど……。少し騒動があって、その時に赤ちゃんに戻ってしまって、今、二度目の赤ちゃん生活を」

　秀尚がざっくり説明する。

　不安定ながらも人の姿になることもできていた寿々が、あわいの地に現れた餓鬼《がき》に、彼らの世話役である保育狐の薄緋と共に囚《とら》われ、生気を吸われたという事件が起きたのは少し前のことだ。

　四尾の成人稲荷だった薄緋は、今の子供たちより少し幼いくらいの外見を保つのがやっとというくらいになったものの、回復は早く、今は元の姿だ。

　だが、子供だった寿々は赤ちゃんに戻り──というレベルで踏みとどまれたのは薄緋が寿々を庇《かば》ったからに他ならず、それですんだのは奇跡と言っていいくらいだ──ただ、薄緋のように回復はできず、今、ゆっくりとまた成長している最中なのだ。

「ああ、そうですか、そうですか。可愛い時期が長くなるのは、愛《め》でるこちらとしてはいいものですよ」

常盤木は目を細めて言い、

「まあ、ですが、多少なりとも地力がありますからまるっと一から成長し直しというわけでもないでしょう。前よりも早く大きくなって元の姿になるでしょうねぇ。それはそれで惜《お》しいような気もしますが」

よしよし、と寿々を抱いた腕を少し揺《ゆ》らす。寿々はゆっくりと瞬《まばた》きをして、安心した様子だ。

「さて、それではすーちゃんの引き出しも開けてみましょうか。まず、萌黄ちゃんにすーちゃんを返しましょう」

常盤木は萌黄のスリングに寿々を戻す。寿々はすぐに顔を隙間からぴょこっと覗かせ、常盤木はその隙間から寿々の前脚を少しだけ引き出した。

そして、一つの引き出しに寿々の前脚を触れさせる。

「こうしてすーちゃんのお手々を引き出しに触らせながら、萌黄ちゃん、この引き出しを開けてごらんなさい」

常盤木に言われるまま、萌黄は引き出しを開く。

するとそこには五色に色分けされた小さなテニスボールくらいの玉が入っていた。

「あ、ぼーる」

「すーちゃん、おもちゃです」

萌黄が引き出しからボールを取り出し、寿々の前に持っていく。寿々は前脚をそのボールに伸ばし、さっそく遊びたい、という意思表示をした。

「すーちゃんが遊びたいようですから、戻りましょうか」

常盤木はそう言ってから、まだ引き出しを開けていない萌黄、浅葱、経寿、稀永を見た。

「おまえさんたちは、引き出しを開けなくてもいいんですか？」

「ぼくは、あとでうすあけさまがきたらあけるの」

浅葱が言い、

「ぼくも、そうします」

と萌黄も続ける。それに経寿と稀永も頷いた。

「では、行きましょうか」

子供たちに声をかけ、一緒に店を後にしようとした常盤木だが、ふっと足を止めた。

「じじせんせい、どうしたの？」

浅葱が気づいて常盤木を振り返る。

「どうやら、お店にお客様がいらっしゃるようです。みんなは加ノ原殿とお部屋に戻っていてください。じじせんせいはお客様をお迎えしないといけませんから」

常盤木が言うのに、

「じせんせい、あとできますか?」

萌黄が聞く。

「ええ、お客様がお帰りになったら。加ノ原殿、お願いしますね」

常盤木はそう言って秀尚を見た。

「分かりました。じゃあ、みんな、お店の邪魔をしちゃいけないから、部屋に戻ろうか」

秀尚が促《うなが》すと、子供たちは大人しく店を出た。

「では、また後で」

常盤木はそう言ってみんなを送り出すと、扉を閉める。

――客って、やっぱり『死んだ人』なのかな……。

神様の世界と近しい人や、あの店を必要としている人なら、店を見つけて入ってくることができるというようなことを言っていたが、店の扉はこの家の中にある。

そのことを考えれば、歩いていて見つける、というようなことはまず起きない。

と、なると、消去法で客は生きていないほうの、となる気がする。

――つくづく、この店、ワンダーランドだよなぁ……。

呑気《のんき》に思いながら、秀尚は膝の上に座る二十重に「白雪姫《しらゆきひめ》」の絵本を読んでやっていた。

「こうして、白雪姫は王子様とお城で幸せにすごしました。めでたしめでたし」

秀尚が読み終わると二十重は秀尚の膝の上から立ち上がり、お姫様のようにちょん、と膝を曲げ、ドレスの裾《すそ》を両手で持ち上げるような仕草《しぐさ》――着ているのは平安時代の軽装というか、牛若丸《うしわかまる》が着ていそうなイメージの服なので、持ち上げるドレスの裾など存在しないのだが、気持ちはお姫様らしく、そんな仕草を見せた後、

「かのさん、ありがとう」

そう言って、秀尚から「白雪姫」の本を受け取った。

「どういたしまして」

秀尚が返すと、待ってました、とばかりに順番待ちをしていた殊尋が膝の上に座る。

「かのさん、つぎ、これよんで！」

そう言って差し出したのは「裸の王様」の絵本だ。

読み始めた秀尚の隣には萌黄が次に読んでもらう絵本を手にしつつ、「裸の王様」の絵本を覗き込みながら、聞いている。

そして萌黄の後ろには豊峯がいて、同じく読んでもらう絵本を手に順番待ちだ。

それより後の順番待ちの子供は、積木やブロックなどで遊びながら待っていて、本当に行儀のいい子たちだなぁ、と改めて秀尚は思う。

無論、そうできるように、日頃からきちんと躾《しつ》られているからこそだ。

そんなことを思いながら秀尚は絵本を読み続け、王様のところに嘘つきの仕立屋がやっ

てきたあたりで常盤木が部屋に戻ってきた。

「あ、じじせんせい、おかえりなさい」

真っ先に気づいた経寿が挨拶をする。それに他の子供たちも「おかえりなさい」と続けた。

「常盤木さん、お店はもういいんですか？」

絵本を読むのを一旦《いったん》止めて秀尚が問うと、常盤木は、ええ、と微笑んで頷いた。

詳しい話を聞きたい気もしたのだが、殊尋に絵本を読んでいる最中だしと考えていると、萌黄の後ろで順番を待っていた豊峯が、

「じじせんせいに、よんでもらってくるね」

秀尚にそう言い、絵本を持って常盤木の許に向かった。

「じじせんせい、えほん、よんで！」

「いいですよ。ほら、おいでなさい」

常盤木はそう言うと腰を下ろし、秀尚がしているのと同じように胡坐《あぐら》をかいた足の上に豊峯を座らせ、絵本を読み始めた。

こうして絵本を順番に子供たちに読んでいるうちに昼食の時間になり、常盤木も一緒に階下に下りてみんなでご飯を食べた。

子供たちが遊びに来ている時の昼食はうどんかそば、と決めている。

どんなものにするかは多数決だ。

今日はカレーうどんかカレーそばのどちらかのチョイスに決まった。

そして昼食を食べ終えると、常盤木は店に戻り、秀尚と子供たちは秀尚の部屋に戻った。

食後も秀尚は子供たちに絵本を順番に読んでやっていたのだが、三十分ほどした頃、あわいの地と繋がっている押し入れの襖が開いた。

やってきたのは子供たちを世話している保育狐の薄緋だ。

優美な面立ちの稲荷だが、男である。

「薄緋さん、いらっしゃい」

秀尚が迎えると、

「今日も子供たちが世話になっています。……加ノ原殿のところに、客人が滞在していると伺っているのですが…」

と、常盤木のことを聞いてきた。それに秀尚が答えるより早く、

「うすあけさま、じじせんせい、いるよ！」

「ひきだしがいっぱいのおへやにいるよ！」

殊尋と浅葱が薄緋の手を引っ張って、懐かし屋に連れていこうとする。

それに少し戸惑う様子を見せる薄緋に、

「常盤木さん、廊下のところの壁にお店作ってて……今、そこに」

秀尚が説明すると、大体理解した様子で頷いた。

「今、伺っても大丈夫でしょうか？」

「分かんないですけど、多分？　とりあえず行ってみましょうか」

秀尚はそう言い、絵本を一度閉じるとみんなで再び常盤木の許に向かった。

——行ってみて、入っていいかどうか聞けば……。

そんなふうに思っていた秀尚だが、子供たちにはそんな段取りは通用しなかったというか、その必要性を感じていなかったらしい。

「じじせんせー！」

殊尋はノーノックでいきなり扉を開けた。

「殊尋、いけませんよ」

と、薄緋は慌てて止めたが、もう扉は開け放たれてしまった後だ。

だが、そこには誰の姿もなく、店の中は空だった。

「あれ、じじせんせいいない」

「おるすかなぁ」

殊尋と浅葱はそう言いながら、薄緋の手を引いて店の中に入る。

そして順番に店に入り、さっき、引き出しを開けていなかった浅葱が、

「うすあけさま、みてー」

そう言って引き出しを開けた。

そこに入っていたのは、蒸しパンだった。

「これ、勝手に開けてはいけませんよ」

薄緋が止めるが、

「じじせんせい、いいっていったよ」

浅葱は言い、萌黄も、

「いちにちに、いちどだけ、あけてもいいって、じじせんせい、いってました」

そう言って引き出しを開ける。萌黄が開けたところに入っていたのは虫眼鏡だった。

「あ、むしめがね！　これでたんていごっこができます！」

嬉しそうに引き出しから取り出す。

「無理を言って約束をとりつけたのでは？」

と薄緋はやや呆れ顔だ。

さっき開けていなかった経寿と稀永も、豊峯と二十重に手伝ってもらって引き出しを開け、入っていたチョコレートとチョコチップクッキーに喜ぶ。

「ちょこれーと、だいすき」

「ぼくも、くっきーだいすきー」

きゃいきゃいと子供たちが嬉しげにはしゃぐ中、店の奥の扉から常盤木が入ってきた。

——あれ？　あんなところに扉あったっけ？

店に入るのはまだ三度目で詳しく店内を見ていたわけではなかったので、これまでは気づかなかっただけかな、と秀尚は思ったのだが、常盤木が扉を閉めると、そのまま扉は消えてなくなり、ただの壁になった。

そして常盤木は薄緋の姿を見ると、

「おやおや、薄緋殿」

相変わらず、優しい笑みを浮かべて声をかける。

それに薄緋は恭《うやうや》しく頭を下げた。

「お久しぶりです、常盤木殿」

「そうですねぇ、いささか、久方《ひさかた》ぶりといったところですか」

「お元気そうで何よりです」

「薄緋殿も」

そう言って一通りの挨拶をすませたのを感じ取ると、

「じじせんせい、まだおしごと？」

豊峯が常盤木を見上げて聞いた。

「何か、私にご用事ですか？」

常盤木は少し膝を曲げ、豊峯に問う。

「ううん。でも、もうすぐおやつだから、いっしょにたべようっておもって」

豊峯が言うと、他の子供たちも頷いた。

「いっしょにたべよ！」

「うすあけさまも、いっしょに！」

そう言い出すと、子供たちは止まらない。それに苦笑しつつ、常盤木は秀尚を見た。

「お誘いいただきましたが、大丈夫ですか？」

「アイスクリームを取り分けるだけなんで、大丈夫です」

夏のおやつは、基本的にかき氷、アイスクリーム、ゼリー、もしくは寒天《かんてん》系で回し、そこに時々、スイカを挟むローテーションだ。

アイスクリームは店でもスイーツ系メニューで使うので、業務用サイズを仕入れてある。今日はそれを取り分けるつもりだったので、多少人数が増えてもどうということはない。

「では、お言葉に甘えましょうか」

常盤木が言うと、子供たちは「いっしょ、いっしょ！」と嬉しげに言い、みんなで揃って店を出た。

◆◇◆

お皿にバニラアイスクリームをディッシャーで二つ分。後は、準備してあるチョコレートソースや缶詰の果物、ウエハースなどで、二種類までトッピングしていい、というのがルールだ。

それぞれに個性が出るのが面白く、浅葱はチョコレートソース一択《いったく》だが、その代わりつゆだくで、というくらいの勢いでかけているし、豊峯は果物を可愛くトッピング、十重と二十重と萌黄は三人で協力してトッピングが被らないようにして、分け合う作戦に出ていた。

「では、いただきます」

秀尚の声に続けてみんなも「いただきます」をして、おやつタイム開始である。

「つめたーい」

「あまくておいしー」

歓声を上げる子供たちを見ながら、薄緋もスタンダードにチョコレートソースとウエハースでトッピングしたアイスクリームを食べる。

「うすあけさま、おいしい？」

隣に座った浅葱が薄緋を見上げて問う。

「ええ、おいしいですね。……こんなにたくさんチョコレートをつけて……」

チョコレートをつゆだく状態にしていた浅葱の口の周りはチョコレートがいっぱいついていて、それを薄緋はティッシュで拭ってやる。

その様子を常盤木は、

「薄緋殿も、子供たちの世話がすっかり板に付きましたねぇ」

と、目を細める。

「おかげさまで、鍛《きた》えられました」

苦笑する薄緋に、

「薄緋さんは、最初からあわいでお仕事されてたんですか？」

秀尚は聞いた。

「いえ、私は本宮で……加ノ原殿に分かりやすく言うならば、事務職、でしょうか…」

その返事に秀尚は驚いた。

「え、そうなんですか？　本宮にある子供の施設とかじゃなく？」

「ええ、違います。常盤木殿はそちらにいらっしゃって、私も幼い頃、常盤木殿のお世話になりました」

薄緋はそう言って、常盤木を見た。

「薄緋殿は、優等生でしたねぇ」

褒める常盤木の言葉に、

「うわー、陽炎さんに聞かせたい」

秀尚はそう笑ってから、

「事務職から、いきなり保育士さんっていうか、子供の世話って……随分思い切りましたね」

薄緋に聞いた。

「思い切ったというか……その任務が下ったものですから」

「え？　じゃあ、いきなり畑違いのところに赴任《ふにん》してください、みたいな？」

「そうですね」

あっさりと薄緋は答える。

「そうなんだ……。戸惑いませんでしたか？」

問い重ねる秀尚に、

「むしろ、戸惑いしかありませんでしたよ」

やはりあっさりと薄緋は答えたが、

「ですが、常盤木殿が一緒でしたので」

と、続けた。

「あ、そっか。常盤木さん、萌芽の館にもいらっしゃったんですよね」

だからこそ、子供たちが「じじせんせい」と呼んで慕《した》っているのだ。

「と言いますか…、常盤木殿が『萌芽の館』を作られたんですよ」

「え、そうなんだ！　じゃあ、初代館長、みたいな感じなんですね。へぇ……子供がお好きなんですね」

秀尚が感心した様子で言うのに、常盤木は笑った。

「子供が可愛いくて好きだというのは、確かに本心ですが……必要に迫《せま》られた、ということもあるんですよ」

「必要に迫られる？」

問い返す秀尚に常盤木は頷いた。

「本宮の仔狐の館は、基本的に『変化《へんげ》ができるレベルの仔狐』を受け入れておりましてねぇ。そこで行儀作法を身に着けて、見習いとして本殿にあがるまで養育をしているんです。つまり、変化《へんげ》ができるようになるまでは、それぞれの地域の稲荷社が子供を預かったりしていたわけですが、そうすることが難しいところもわりとありましてね」

その言葉に、秀尚は時雨の話を思い出した。

「あー、確か時雨さんの故郷のお稲荷さんが、子育て難しいタイプの人で、一時期時雨さんが故郷に戻って後輩のチビさんの世話をしてた、みたいなこと言ってました」

「ええ、そういうこともありますし、すでに祀《まつ》る住民のいない崩壊した集落《しゅうらく》に残された稲荷社などだと、自分のことで精一杯で子供を預かることまでは、というところも少なくはなくてねぇ。それで、そういった地域の素質を秘《ひ》めた子供を預かる場所が必要ではないかということになって、新たに作ったのが『あわいの地』と『萌芽の館』というわけです」

常盤木がそこまで言った時、

「常盤木殿が新たに空間を開かれて、幼い狐のための館を作られたとお聞きした時は、さすがだと思ったものです。まさかそこの常駐稲荷に、と白羽《しらは》の矢が立つことになるとはまったく思いもせずに、ただただ感心していたわけですが」

薄緋はそう言って、小さく息を吐いた。

「ところが、白羽の矢がぐっさり刺さったわけですね」

「ええ、そうです。でも、普通予想しますか？　大体、仔狐の館から誰かが呼ばれると思うものじゃないですか。それが本宮事務職の私ですから……」

とはいえ、薄緋は笑っていて、驚いたのは事実だろうが、不服だったわけではなさそうだ。

「仔狐の館の子供たちとも滅多に会うこともなかったのに、それより幼い子供たちを世話することになって……もう最初は何をどうすればいいのやら」

苦笑する薄緋に、

「夜に泣き出した子供を前に、途方に暮れていたこともありましたねぇ……」

懐かしげに常盤木は笑う。

「夢を見て泣いているのか、親が恋しくて泣いているのかも分からなくて……とりあえず抱っこをして泣きやむか、泣き疲れて眠るかするまで庭を散歩して歩いて…」

秀尚の脳裏に、赤ちゃん狐を抱っこして夜の館の庭を困り顔で散歩する薄緋の姿が浮かんだ。

「泣きやんだと思って布団に戻したら、また泣き出してやり直し、なんてこともあって……こっちが泣きたくなりました」

そう言ってやはり笑う。

今の薄緋は、子供をしっかりと従えているというか、子供たちから全幅《ぜんぷく》の信頼を寄せられ、子供の扱いも慣れていて、ちょっとやそっとのことでは動じないようなイメージがある。

——そんな頃もあったんだなぁ……。

初めて聞く薄緋の若い頃——今も若く見えるが、少なく見積もっても十年ほどは前の話だろう——の話に、秀尚は奇妙な懐かしさと、薄緋への親しみのようなものを感じた。

四

常盤木の店の営業形態——客が来る、とは聞いているが、どういうかたちで営業されているのか分からないまま、同居生活は問題なく続いた。

基本的に常盤木は三食ちゃんと食べるタイプで、朝と夜は秀尚と一緒に食べるが、昼食はランチタイムの慌ただしさが落ち着いた頃合いに下りてきて、秀尚が準備する賄《まかな》いを、客席が空いていれば店で食べるし、そうでなければ厨房で、と自由な感じだ。

朝と夜は獣耳と尻尾は出ていたりしまわれていたりランダムなのだが、日中に階段を下りてくる時にはちゃんとしまわれていて、見た目的には何の問題もない「優しいおじいちゃん」である。

その日の営業も無事に終わり、秀尚は店じまいをして、居酒屋と明日のランチタイムの仕込みをしながら夕食を作った。

夕食ができる時刻は大体いつも同じなので、その時刻に合わせるように常盤木が下りてきて、一緒に食べる。

だが、今日は準備ができても下りてこなかった。

——あれ、どうしたんだろ……。

店が忙しいのだろうかと思うが、常盤木はお稲荷様とはいえ、おじいちゃんだ。

——もしかして体調が悪くなって、動けない、とか？

最悪の場合、倒れているという可能性もある。

心配になった秀尚は、念のために様子を見に常盤木の店に向かった。

一応、扉を二度ノックして、失礼します、と声をかけて開ける。

「おや、いらっしゃい」

いつものように微笑んで常盤木は秀尚を迎え入れたが、秀尚はそこで固まった。

なぜなら、カウンター席に二人の客がいたのだ。

後ろ姿だが、隣にいる客に顔を向けているので横顔が見えた。秀尚よりもやや年上だろうか。はかま姿だが、ちょんまげではないので明治以降の人かな、と秀尚は思う。

だが、固まった理由は、彼ではなく、その彼の隣にいる人物だ。

秀尚がよく知っている言葉で言えば「落ち武者《むしゃ》」である。

どう見ても「落ち武者」、まるでお手本のような「落ち武者」だ。

具体的に言えば、ざんばら髪に、ところどころ汚れたり刀傷めいたものがあって裂けていたりする武具に分かりやすく矢が数本、刺さっている。

――あ、これ、ヤベえとこに来た……。

秀尚が入るかどうか迷っていると、

「まあまあ、お入んなさい」

常盤木が手招《てまね》きをしてきたので、秀尚は、お邪魔します、と声をかけ店に入った。そして常盤木が目線で指示をしてきた丸テーブルのほうに腰を下ろす。

だが、客たちは入ってきた秀尚には興味を示すことなく、話を続けている。

「……やはりあの時、もっと早く馬を出してもらえていれば……っ！　このように命を落とすこともなく、おれたものを…」

恨み節を零《こぼ》す落ち武者に、

「いやぁ、仮に早馬が到着していても援軍は間に合いませんでしたよ。むしろもっと闘《たたか》いは泥沼化してたでしょうねぇ。……殿様は苦渋《くじゅう》の決断だったと思いますが、早めの降参で生き残れた人も多かったですし、損害度合いで言えばかなり低くて、お家の断絶も結果的には免《まぬか》れて英断だったって、俺たちの時代では評価されてましたけれどねぇ」

青年が声をかける。

――なかなかカオスな光景……。

二人が普通に話している光景は、時代の違うドラマを撮影している俳優同士が楽屋で話している、というふうにも見えたが、そうだとしてもカオスだ。

「しかし……、信じて戦った者たちの無念が……」

「勝った側も負けた側も、無傷ですまないのが戦《いくさ》というものですからねぇ……」

常盤木が静かに言うが、落ち武者は気がすまないのか、不意に立ち上がる。

酔《よ》っているのか、負傷のせいか分からないが、足元がふらついていた。それでもぐっと踏ん張り、刀の柄《つか》に手をかける。

それを見やった常盤木は、

「武者殿」

静かに、しかし重い声で呼びかけた。

その声に武者はハッとした様子を見せ、再び腰を下ろし、小さく呻《うめ》いた後、

「子供たちはどうなったのか……、我らのような名もなき雑兵《ぞうひょう》の家の者は、行方《ゆくえ》すら分からぬ」

絞《しぼ》り出すような声で言った。

「……武者殿があちらの世界にお渡りになれば、いろいろなことが分かるようになりますよ」

常盤木は言ったが、武者は頭を横に振った。

「まだ、その道が見えぬ……行くことができぬ」

「今少し、お時間が必要なようですが、いずれは必ずお渡りになれますよ」

その言葉に武者は答えなかった。

常盤木は黙って急須《きゅうす》を手に取ると、湯を入れ、湯呑にお茶を淹れると武者と青年に出した。

武者は黙《もく》したままで茶を飲み、すべてを飲み干してから、

「まだ、時間が必要なようだ。……馳走になった」

そう言うと立ち上がり、いつの間にか、またできていた壁の扉から帰っていった。

それを見送ってから、

「何度か会ってるけど、会うたびに落ち着いてくれねぇ」

青年が常盤木に言った。

「まだ、執着も多いようですが、確かに」

「前は顔に血糊《ちのり》もあったし、夜中に会ったら確実に悲鳴だなぁって思ったけど、いつの間にか血糊も消えて、体に刺さってた矢の数も減ってるし」

どうやら、落ち武者と青年は常連客のようだ。

「もう少し、といったところでしょうかねぇ」

「早く、渡れればいいね」

青年はそう言って湯呑の茶を飲み干した。

「さて、俺もそろそろ帰るとするか」

　そして、不意に秀尚に視線を向けた。

「彼は生者なんだね」

「ええ」

「生きてるっていいねぇ。ああ、なんて言ったかな、死ぬちょっと前に聞いた言葉で……、そうだ、思い出した。『Boys, be ambitious.』だよ」

　聞いたことのある有名な言葉を秀尚に言い、じゃあね、と軽く手を振って、青年は落武者が帰っていったのと同じ扉を通って店を出た。

　するとやはり扉は綺麗に消えて、ただの壁に戻った。

「夕食の誘いに来てくださったんでしょう？　お待たせしましたね」

「なかなか下りてらっしゃらないんで、もしかして具合が悪くなったりしてたらヤバいなと思って。……でも、俺、お客様の邪魔しちゃいましたか？」

　少し心配になって聞いてみたが、常盤木は頭を横に振った。

「いえいえ、いつもあんな感じです。話し足りなければ、またいらっしゃいますから。では、行きましょうか。今日のご飯はなんでしょうねぇ。最近、食事の時間が楽しみで」

　常盤木は言いながらカウンターから出てくる。

「期待されてるのに申し訳ないんですけど、大したものはないんですよ。夏野菜のトマト煮込みと、鮭のムニエルと、適当なものを突っ込んだコンソメスープっていうか」

「いえいえ、充分です」

そう言う常盤木と一緒に階下に下り、厨房で夕食タイムである。

「常盤木さんのお客さんって、バラエティーに富《と》んでるっていうか……ちょっとびっくりしました」

食べながら秀尚は素直な感想を述べる。

「そうでしょうねぇ……。通常、お亡くなりになった方がお客様でおいでの時は、生きている方と鉢合わせしないようにするんですが、加ノ原殿はこちらの世界のことも理解していらっしゃいますから、問題ないだろうと思いまして」

「ああ、じゃあ、普通はああいうことないんですね。開けたらいきなり落ち武者さんとこんにちはしちゃう、みたいな感じ」

「ええ」

「でも、すごいっていうか……落ち武者さんって時代的に考えて、四百年とか、それくらい前に亡くなったんじゃないかなと思うんですけど…向こうに渡れないってことは、まだ成仏できてないってことですよね」

渡れる道が見えない、と彼は言っていたので、多分そういうことなのだろう。

「この世に強い心残りがあるようでしてね。ですが、もはやその心残りが何か、彼自身が分かっていないので、時間がかかっているようです」

「ご家族の行方が分からないってことが心残りなんじゃないんですか？」

「それもあるでしょうが、もっと別のものがあるようです。そのことが理由である場合は、向こうに渡れば分かるとお伝えすると、道が開けてお進みになるものですので……」

「じゃあ、それ以外の何か」

「ええ。ですが、長い年月を経《へ》たせいか、懐かし屋にいらっしゃるようになった時にはもう覚えていらっしゃいませんでしたねぇ」

「じゃあ、ずっと成仏できないまま、なんですか？」

　秀尚の問いに常盤木は頭を横に振った。

「いえいえ。『自分が何者であったか』ということを覚えておいでの方の場合は、時間が解決してくれるものです。武者殿の場合、いささか長くかかっておりますが、やがてはあちらにお渡りになります。それまでの時間を、皆さん時々ああやって店に来て、他の死者の方と話をしたり、一人お茶を飲んだり、様々にすごしていかれるんですよ」

「でも、常盤木さんってお店、そんなに長くされてるんですか？　本宮で子供の世話を見てて、あわいの館を作って……」

　浅葱や萌黄が預けられた時には常盤木はまだいたらしい。子供たちはゆっくり育つため、見た目どおりの年齢ではないが、長く見積もっても十年ほどだろう。

「『懐かし屋』は私だけの店ではないんですよ、とだけ言っておきましょうかね」

「あー、チェーン店みたいな？」

「さあ、どうでしょうか」

常盤木はそう言ってはぐらかす。おそらくそれ以上は聞いても教えてくれないだろうというのは分かったが、類似店がずっと昔からあると考えていいのかもしれない。

「じゃあ、心残りがあって成仏できない人がお客さんとして来るんですね。……もう一人のお客さんも、そういうふうに見えなかったけど、成仏できない何かがあるんだ」

明るい感じで、未練があるような様子には見えなかったが、あの店に来ているということはそうなのだろう。

「ああ、彼はちょっと事情が違いますね。落ち武者殿は『渡れない』ほうですが、彼は『渡らない』ほうなんですよ」

「『渡らない』？　えーと、自分の意志でってことですか？」

「ええ。詳しい事情は話せませんが、見定めるべきことがおありで、それを見定めてから渡るとお決めに」

「そうなんだ……。いろんな人がいらっしゃるんですね」

感心したように言った秀尚に、

「それは、生きている人でも同じでしょうねぇ」

常盤木はそう言って笑う。

「あー、それもそうか」

「とはいえ、あの店のメイン業務とでも申しますか、仕事は接客ではないんですよ」

「え？　そうなんですか？」

——あー、なんかこの前、陽炎さんたちに説明してもらったような……。

あの世とこの世を繋ぐ店だ、と話していたのは覚えているが、とにかく「へえ、そうなんだ」と思って終わってしまったので、他に聞いたことは忘れたというか、すぐには思い出せなかった。

「死んだ者、残された者、双方に相手に対する心残りというものは生まれるものです。あの店は彼らの心残りの象徴となる品と、そこに込められた思いを預かり、時が来ればお渡しできるように手配しているんですよ。それらが収められているのが、あの店にある引き出しなんです」

「あ……、確かそんな説明を、この前、陽炎さんたちから聞いた記憶が蘇《よみがえ》ってきました。え、じゃあ子供たちが来た時に引き出しを開けてましたけど、その時に入ってたものは……？」

お菓子やアクセサリーが入っていたはずだ。

あれらも誰かの「心残り」の品だったのではないだろうか？

そうであれば、あの品物が渡すべき相手に届かないことになるのではないかと秀尚は

思って聞いたが、

「いえいえ、あの引き出しはそういった心残りのない子供たちが開けても、今のあの子たちの好きなものや欲しいものしか出てこないんですよ」

常盤木はそう説明してくれた。

「ああ、そうなんだ…。よかった。成仏できないほどの心残りとかの品を、勝手に食べちゃったり持っていっちゃったりしたんだったら大変だと思って焦《あせ》りました」

無論、そうだったら常盤木が放っておくわけがないのだが、とにかくよかったと秀尚はほっとした。

「でも、心残りの品、か……」

「まあ、そこに込められた思いや願いを届けるもの、ですね。……あの時に本当はこう伝えておけばよかったと思うことは、生きている者同士でもあります。でも、生きていればいつか伝える機会がありますが、どちらかが亡くなった場合、伝えることは難しくなります。それを可能にするためにあの店はあるんです」

「亡くなった人に、伝えたいこと……」

呟いた秀尚に、

「何かありますか？」

常盤木が聞いた。

その時、秀尚の脳裏にある人物の姿が過《よぎ》った。

「ええ、まあ、多分……」

そう言ったがそれ以上伝えることはためらわれ、秀尚は口を閉ざす。

そして常盤木も、話そうとしないことを無理に聞こうとはせず、

「いろいろあるものです」

とだけ言い、食事を続けた。

◆◇◆

週が明け、あわいから子供たちが来る日になった。

加ノ屋の定休日は毎週水曜と、第一、第三火曜である。

今週は火曜と水曜が定休日になる週で、子供たちも二日間連続で遊びに来る。

「かのさーん、きたよー」

この前と同じように午前十時近くになると押し入れの襖が開き、子供たちがわらわらとやってきた。

「はい、いらっしゃい」

いつものように秀尚は出迎えたが、子供たちは部屋の中をそれぞれ見渡してから、少し首を傾げた。

「じじせんせい、いないね」

「かのさん、じじせんせい、どこにいったの？」

実藤と二十重が問う。

「常盤木さん、お店でお仕事中だよ」

子供たちが来ることは伝えてある。店から出てこられるのなら、この前のように時間を見計らって挨拶に来ていてもおかしくない。

そうじゃないということは、多分来客中なのだろう。

「じじせんせいに、ごあいさつしにいってても、いいですか？」

「きたよーっていうだけ。だめ？」

萌黄と浅葱が聞いてきた。

「うーん、どうかな。ドアをノックして、入っていいですかって聞いてみて、いいよって言ってくれたら、挨拶しよう」

何しろ、秀尚は落ち武者と鉢合わせしてしまっている。

もちろん、いろいろと柔軟《じゅうなん》な子供たちは仮にあの時の落ち武者がまた来ていたとしても、アグレッシブなフレンドリーさで接していくだろうとは思うが、その場合、逆に落ち武者に気の毒な感じがした。なんとなく。

子供たちだけで挨拶に行かせるわけにもいかない気がして、秀尚も一緒に懐かし屋まで出向き——といっても、廊下のすぐそこだ——扉をノックした。

「常盤木さん、子供たちがご挨拶したいって。入っても大丈夫ですか？」

声をかけるとすぐに「どうぞ」と返事があり、秀尚が扉を開けると子供たちが店に飛び込んでいった。

「じじせんせい、おはようございます」

みんな声を揃えて挨拶をする。

「はい、おはようございます」

おはよう、というには微妙な時間だが、一応はまだ午前中、そして今日初めて会うので「おはようございます」でも問題はないだろう。

だが挨拶を終えるなり、子供たちから歓声が上がった。

「わぁぁぁ、かわいい！」

「まっしろ！」

「ふわふわしてる」

何が真っ白でふわふわで可愛いのか、最後に店に入った秀尚が子供たちの騒いでいるほうに目をやると、曲げ木の丸テーブルとセットになっているイスに、ちょこんと小型犬が座っていた。

——ポメラニアン、かな……？

犬に詳しいわけではないのだが、学生時代に友人の家にいたのと、毛色は違うものの姿はかなり似ていた。

「かわいいー」

「じじせんせい、さわってもいい？」

子供たちは興味津々でうずうずしている。

「いいですが、優しくしてあげてくださいね」

常盤木が許可を出すと、子供たちはまずジャンケンをして、誰が最初に触るかを決める。そして勝ち抜け順に犬を撫でたり抱っこしたりし始めた。

待つ間も子供たちは犬を見て、可愛い可愛い、と愛でているが、犬のほうはどうやら「可愛い」と愛でられるのは慣れている様子で、子供たちに可愛がられていた。

——小型犬って愛玩犬って言われたこともある気がするけど、本当に可愛がられ慣れしてるなぁ……。

妙な感心をしつつ、秀尚はその様子を見る。

子供たちは犬と触れ合い終えた順に、今度は常盤木の店の引き出しを開け始めた。

一日、一度だけ開けていいと言われているので、それも楽しみなのだ。

「あ、なんかたべもの…だけどなんだろう？　おにくかな」

「わたしも、にてるのはいってる」

殊尋と十重が引き出しの中に入ったものを取り出し、首を傾げる。

「あー、それジャーキーだね」

秀尚が言うと、殊尋と十重は首を傾げた。

「じゃーきー？」

「うん。お肉を干したもの。犬用みたいだね」

犬用と聞いて、殊尋は目を輝かせた。

「じゃあ、あのこにたべさせてもだいじょうぶ？」

「大丈夫……ですよね？」

普通の犬なら食べても問題はないはずだが、ポメラニアンがどこからやってきたのか、それとも常盤木の犬なのか分からないので、とりあえず常盤木に聞く。

「ええ、大丈夫ですよ」

常盤木の返事に殊尋と十重は、やった！　と声を上げる。

他の子供たちが開けた引き出しも、犬用のおもちゃや、犬用のブラシなどペット用品ばかりが入っていた。

——今のあの子たちの好きなものや欲しいものしか出てこないんですよ——

この前、常盤木がそう話していたのを秀尚は思い出し、納得した。

子供たちは全力で「犬とすごしたい」モードなのだろう。

「じじせんせい、あのこは、じじせんせいのおうちのこですか？」

犬との触れ合いタイムの自分の番を終えた萌黄が、常盤木に聞いた。

「いえいえ、あの子はこのお店のお客様です。豆太《まめた》と呼んであげてください」

常盤木の言葉に子供たちは「まめた！」「まめちゃん」と声をかける。その声に豆太は嬉しそうに尻尾を振った。

——でも、客、か……。犬でも、心残りとかあるんだなぁ……。

ご機嫌そうに振られる豆太の尻尾を秀尚はぼんやりと見た。

——心残り、か……。

胸の内で呟いた時、

——秀ちゃん、寄り道して帰ろうね……——

脳裏に、懐かしい声が蘇った。

その声の懐かしさと鮮《あざ》やかさに秀尚の胸がざわつく。

——今は、思い出すな。

秀尚は慌てて思い出に蓋《ふた》をする。

今は、ダメだ。

「その時」じゃない。

まだ、ダメだ。

秀尚は気づかれないように、細く、長く息を吐く。

自分を落ち着かせるように。

思い出を、再び記憶の奥底に沈《しず》めるように。

そんな自分の様子を見つめる常盤木に、秀尚は気づいてはいなかった。


翌日も子供たちが加ノ屋にやってきて常盤木の店に挨拶に行くと、豆太がまるで看板犬のようにいて、尻尾を振って子供たちを出迎えた。

「まめたちゃん、いたー」

「まめたちゃん、おはよう」

挨拶をする子供たちに返事をするように、豆太は小さく鳴く。

豆太はあっという間に子供たちのアイドルになり、今日も引き出しの中身は「豆太用品」とでもいうものがほとんどだった。

「じじせんせい、まめたちゃんを、おみせのそとにだしちゃだめ？」

豆太との触れ合いタイム一巡目を終えた豊峯が、意を決したように常盤木に聞いた。その言葉に、待機中の子供たちも「じじせんせい、だめ？」と口々に問う。

それに常盤木は少し困ったような様子を見せた後、秀尚を見た。

「加ノ原殿、豆太が家の中を歩き回ると不都合でしょうか？」

「え？」

急に話を振られて秀尚は戸惑う。

しかし、常盤木の言葉で決定権が秀尚にあると気づいた子供たちは、縋《すが》るような眼差しで秀尚を見た。

——うわー、めっちゃ見られてる……。

そうは思うが、正直、犬が家の中をうろつくのは困る。

犬が嫌いなわけではないし、豆太は可愛いとも思う。

しかし、加ノ屋は飲食店だ。

客に出す料理に犬の毛が混じったりなどということがあると困る。

その懸念《けねん》を正直に常盤木に伝えると、子供たちは悲しそうな目で「そこをなんとか」とでも言いたげに見てくる。

——つら……。

そう思った時、常盤木が口を開いた。

「ああ、それは大丈夫です。豆太は生きている犬ではありませんから、豆太の体から離れたものは存在を保てません」

「存在を保てない？」

その意味が秀尚には分からず問い返すと、常盤木は、ちょっとお借りしますよ、と、丸テーブルの上に置かれていた犬用ブラシを手に取った。

昨日、子供たちが引き出しを開けた時に入っていたものだ。

常盤木はそれで豆太の毛をブラッシングした。

抜け換わりの時期ではないからか、ふわふわの毛並みのわりに抜け毛は少なかった。とはいえ、少ないが、ある、と言ったほうがいいだろう。

だが、ブラシに残った毛は三秒ほどで消えた。

「え……なくなった？」

秀尚が目を見開くと、常盤木は頷いた。

「豆太から離れると、存在を保てない、とはこういうことです。この店はあの世とこの世の中間にありますから、体から離れても数秒残っていましたが、店の外では抜けたらすぐに消えてしまいます」

「へぇ……そうなんだ」

秀尚の返事から、状況改善の匂いを嗅《か》ぎ取ったのか、

「かのさん、だめですか？」

「まめたちゃんと、おへやであそびたい」

再び懇願《こんがん》モードで子供たちが見上げてくる。

この目に、秀尚は弱い。

いや、秀尚だけではなく、大人稲荷たちもみんな弱いのだ。

「抜け毛とかが大丈夫なら……、あと、客席のほうには行かないなら」

秀尚が答えると、常盤木は、

「加ノ原殿から許可が出ましたから、特別ですよ」

そう言い、豆太に触れた。

「加ノ屋の家の中だけ、客席以外の場所なら豆太と一緒にいてもかまいませんよ」

常盤木の言葉に、子供たちが歓声を上げる。

「やった！」

「じじせんせい、かのさん、ありがとう！」

「まめたちゃん、おみせのそとにいってもいいって！」

「じゃあ、かのさんのおへやでいっしょにあそぼ！」

楽しみで仕方がないという様子で子供たちが騒ぐ。

「……断れないですよねぇ……」

常盤木が呟くのに、秀尚は苦笑しつつ返した。

「甘いなぁ、とは自分でも思います」

「仕方ありません。私も勝率は低いですから」

常盤木もどうやら子供たちの「お願い」には弱いらしい。

明らかな「我儘《わがまま》」ならばダメだと言ってしまうことは簡単だ。

だが、今のように「懸念がない場合のおねだり」は、聞いてしまう。

――別に、問題ないなら叶《かな》えたっていいじゃん？

それを甘やかしていると言うのかもしれないが、素直におねだりができるのは子供の特権だ、と最近秀尚は開き直るようにしている。

秀尚は子供たちと豆太と一緒に部屋に戻ることにした。

常盤木はそう店を留守にしているわけにもいかないので、食事の時間――と子供たちが来ている時はおやつの時間――以外は店番だ。

子供たちもそれは分かっているので、「じじせんせい、おしごとがんばってね」と伝えて、店を出た。

さて、部屋に戻った子供たちは、引き出しから出てきたグッズで豆太と存分に遊んだ。

だからと言って秀尚の絵本読みがなくなったわけではない。

豆太は一匹しかいないので、豆太と遊ぶのも順番待ちなら、秀尚に絵本を読んでもらうのも順番待ちなのだ。

だが、子供たちは「豆太が何かをしているのを見ているだけでも楽しい」し、「豆太を見ているだけでも可愛くて楽しい」らしい。

ただ撫でているだけでも満足そうで、豆太も撫でられるのは好きらしく大人しく撫でられ続けていた。

だが、やはり大勢の子供たちの相手は疲れたらしく、午後になると、座布団の上でスヤスヤ昼寝をする寿々に寄り添って、豆太も昼寝をしていた。

——かーわいい。

秀尚はすかさずそれを写真に収める。

そしてしばらくすると、狐姿の稀永と経寿も昼寝に参戦していて、その姿に秀尚はなんとも言えない癒しを感じつつ、やはり写真に収めたのだった。

◆◇◆

子供たちが帰ってからも、豆太は懐かし屋と加ノ屋を自由に行き来していた。

一応、常盤木に懐かし屋の外に出すのは子供たちがいる時だけにしますかと聞かれたのだが、豆太がいても特に害はないらしいので、秀尚は豆太の好きにさせることにした。

もちろん、秀尚が見ていて癒されるから、というのも理由だ。

そして、自由に行き来していいことが分かると、豆太は当然のように居酒屋の時間にも階下に下りてきた。

「やだ、何この子、可愛い！」

時雨の声に秀尚が調理の手を止めて見ると、豆太はまるで猫のように時雨の足に体を擦りつけていた。

「ああ、豆太です。常盤木さんのお店のお客さんで……」

秀尚が言うと、

「常盤木殿の店の客となると、そいつも死んでるのか」

陽炎が確認するように聞いた。

「ええ。老衰《ろうすい》だったそうです」

子供たちを見送った後、常盤木と豆太のことで話した時にそう説明された。

「みんなが、豆太と一緒に遊びたいって言って、害がないってことなんで、客席以外なら家の中で好きにすごさせておこうと思って」

秀尚が言うと、

「言い方は悪いが、そいつがいわゆる『幽霊』の類《たぐい》だってことは、おまえさん、理解できているか？」

陽炎が念のため、といった様子で聞いてくる。

「まあ、一応は？　でも、常盤木さんが大丈夫だって言ってるからいいかなって思って。それに、可愛いし」

「『可愛い』は正義？」

少し笑って冬雪が言う。

「そうです。それに普通の動物だとどれだけ注意してても、毛が飛んだりしちゃうから飲食店してると躊躇しちゃいますけど、豆太の場合、体から離れた毛とか、すぐに消えちゃうんで、俺には不都合がないっていうのもあって」

「それに、こんなに可愛い子、どこかに閉じ込めとくなんてできないわよねぇ」

時雨は言い、尻尾をふるん、ふるんと振るいながら見上げてくる豆太を、いらっしゃい、と抱き上げて膝に載せる。

「うわー、めっちゃ可愛い！」

すかさず濱旭が携帯電話を取り出し、写真を撮る。

「『可愛い』の前には、幽霊だってことも瑣末《さまつ》な問題だったか」

陽炎は多少呆れたように言うが、配膳台に身を乗り出して時雨が抱いている豆太を撫でている。

——自分だって『可愛い』に弱いくせに。

そんなことを思いながら秀尚は料理を出した。

「はい、お次の料理お待たせしました。ささみと野菜の蒸し上げです」

「おいしそうだね。味はついてるのかな？」

冬雪が取り皿を手にしながら問う。

「いえ、素材をそのまま蒸しただけなんで、ポン酢でもマヨネーズでも好きなのをかけてください」

「じゃあ、俺はポン酢とマヨネーズを混ぜるとするか」

陽炎はそう言うと自分の皿にポン酢とマヨネーズを入れて混ぜ始める。

「俺もそうするー。陽炎殿、俺のも作って！」

濱旭はそう言って自分の皿を陽炎に渡した。

「僕は……意外とポン酢って糖質が高いらしいし、かといってマヨネーズはやっぱり油の罪悪感があるんだよね」

太っているわけではないし、均整の取れたいい体——もちろん服の上から見ての話だが——だと思うのに、冬雪は体形を気にする発言をよくする。

「でもさー、冬雪殿、結局最後は日本酒飲んだりするし、どうせ取るならいい油、とか言ってオリーブオイルＯＫにしてたりするから、糖質も油も制限できてなくない？」

濱旭が普段の冬雪の言動からズバリと言い切る。

「そうよねぇ。あれこれ小難しいこと考えて食べるくらいなら、開き直っておいしく食べたほうがマシよ。諦めなさいって、別に体形変わってないんだから」

時雨も言いながら、自分の取り皿に野菜とささみを取り分けた。

すると豆太が甘えるような声で鳴いた。

「あら、豆太ちゃん、食べたいの？　豆太ちゃん、味がついてないなら食べさせても大丈夫かしら？」

時雨が聞いてくる。

「大丈夫だと思います。ささみだから脂《あぶら》が多いってわけでもないし……野菜はＮＧっぽいのはそこにはないと思うので……」

使った野菜はキャベツとニンジン、これからブロッコリーだ。おそらく問題ないだろう。

「じゃあ、少しだけね。ちょっと待って、フーフーして冷ましたげるから」

時雨はかいがいしく世話を焼く。

「時雨殿は本当に面倒見がいいですね」

景仙が言うのに、全員が頷く。

「時雨殿、いっそ、ペットを飼うっていうのはどうなのかな？」

冬雪が言う。それに、時雨は冷ました野菜とささみを手のひらに載せ、豆太に与えながら言った。

「一度、本気で考えたことあるわよ。保護猫の里親募集で好みぴったりなコと出会っちゃって。でも、借りてる部屋がペット不可だから、手頃なペット可の物件を探してる間に、他の人のところにもらわれてっちゃったのよ。縁がなかったのね」

「次の縁のために、ペット可物件に移っとくって判断はしなかったの？」

濱旭が聞いた。

「ちょっとは考えたけど……でも、やっぱり、いろいろ考えたのよね。仕事が忙しい時は残業続きになっちゃうし、そうなると寂しくお留守番させることになるじゃない。せっかくうちに来てもらったのに、それってどうなのかしらって」

「そうだよねー。だから出張の多い俺は絶対無理だし。まあ、出張がなくても大将のご飯食べにここに来たいから、結局家は寝に帰るだけになっちゃってるんだけどさー」

濱旭はそう言って笑う。

「そうなんだよね。やっぱりここに来るのは外せないっていうか」

「むしろ、ここを中心に一日が回ってるな」

冬雪と陽炎が納得した様子で言う。

「そうなのよ。ここにも存分にいたいから、動画で我慢するわ。それに、アタシの性格からして、動物を飼ったらのめり込んじゃって……いなくなっちゃったら当分立ち直れないと思うもの」

「ああ、ペットロスって言葉、聞くね」

時雨の呟きに冬雪が返し、

「狐がペットを飼って、ペットロスか……深いな」

陽炎がそう言って笑う。

「そんな陽炎殿に教えてあげるけど、有名な青くないほうの猫のキャラクター、実は猫を飼ってるのよ……」

時雨の言葉で頭に浮かんだキャラクターに陽炎は目を見開く。

「え、そうなのか？」

「そうよ。猫が、猫を飼ってるのよ……」

肯定した時雨だが、

「んー？　確かあのキャラって猫モチーフの女の子であって、猫じゃないとか聞いたことあるけど」

首を傾げつつ濱旭が言い、携帯電話で検索をする。

「ああ、うん、やっぱそうみたい」

検索結果を披露するが、

「いや、見た目的にはどう見ても猫が猫を、だな……」

うーん、と陽炎は唸り、そこからなぜか「どうかと思う、その設定」のキャラクターや、映画やドラマの話になり、居酒屋はやはりどの方向からでも盛り上がるのだった。

五

数日後、バタバタとしたランチタイムが少し落ち着いた頃、常盤木が昼食を食べに下りてきた。

「今、大丈夫ですか？」

「はい、作るほうは落ち着いたので。準備しますね」

秀尚は残っている食材で賄いを作り始める。

常盤木は待ちながら店を覗いて、空いているテーブルがあるかどうか確かめていた。

だが、秀尚の記憶では、今はまだ空いたテーブルはないはずだ。

――賄いができるまでにお客さんが帰るっていうのは、ちょっと無理かなぁ……。

最後の料理を出した後、水を足しに回るついでに、食事の進み具合も見ていた。

「はい、お待たせしました」

秀尚は常盤木の賄いを準備してトレイにセットし、配膳台に置く。

「ああ、ありがとうございます」

常盤木は言いながら配膳台にやってきた。

テーブルが空いていない時はそこで食べることにしているのだが、常盤木は何を思ったのか、賄いのトレイを手にすると、それを持って客席のほうに向かった。

「え、常盤木さん？」

焦って声をかけたが、常盤木はそのまま行ってしまった。

――もしかして、どこか空いてた？

そう思って、秀尚は確認のために厨房を出たが、やはりテーブルはどこも埋まっていた。

しかし常盤木は、一人で食事をしていた若いサラリーマンらしき青年に近づくと、

「すみません、相席、いいですかねぇ」

にこにこしながら聞いた。

「え？　あ、はい、どうぞ」

青年は驚きながらも承諾《しょうだく》する。

「ありがとうございます。では、失礼」

常盤木は青年の前の席に腰を下ろし、食べ始めたが、

「今、お昼休みですか」

少しして、青年にそう聞いた。

「あー、はい。営業職なんで、きちっと何時からって決まってるわけじゃないんですけど

……。今日は営業先を出たのがちょっと遅かったんで」

青年がそう説明する。

時間は二時前で、確かに一般的な会社ではもう午後の業務が始まっているだろう。

「そうですか。この暑い中、外を回っておられるのですねぇ……、お疲れ様です」

労う常盤木に青年は苦笑した。

「暑いのは暑いですけど、そこはまだ我慢できるっていうか」

「暑いより、大変なことが？　ああ、雨ですか？」

「天候が厳しいなーって思うことはありますけど、そこはもう仕方ないっていうか……。

それよりやっぱ営業なんで、成績に繋がんないことが続くと、キツイですね」

そう返した青年は、疲れと諦めが混ざったような顔をしていた。

その様子からは、あまり営業成績が振るっていないことが感じられた。

「確かにそうですねぇ。営業のお仕事は、ご自分で望んで？」

「んー、営業の仕事自体は」

青年は複雑な顔をして言った。

――営業の仕事は好きだけど、成績が上がらないから、浮かない顔してんのか？

つじつまは合う。

だが、なんとなくそれだけではない気もした。

気になったのだが、聞き耳を立てるのは憚《はばか》られて秀尚は厨房に戻った。

ややあって、レジをお願いします、という声がして店に戻ってくると、青年はさっきよりも明るい顔で常盤木と話をしていた。

一組のレジを終え、皿を下げたりテーブルを拭いたりしていると、別の客も帰り、店と厨房を行き来している間に青年も常盤木も食べ終えていた。

「さて、では私はそろそろ」

常盤木はそう言ってから、

「ああ、そうだ。相席のお礼に、これをどうぞ」

そう言うと、着流しの袂《たもと》から何かを取り出し、テーブルの上に置いた。

「あ、それ……」

「疲れた時にでも食べてください」

常盤木が言うのに、青年は、紺地に黄色のボンタンが描かれたパッケージを見つめて、

「懐かしい……」

そう言って、手に取った。

「おや、何か思い出でも?」

問う常盤木に、

「大したことじゃないです。小さい頃、父方の祖父母の家に行ったら、必ずこれが置いて

あって……」

青年はそこまで言って、何か大事なことを思い出したような顔をしたが、

「ありがとうございます」

そう言うと、シャツのポケットにしまう。

「いえいえ、こちらこそ。楽しい食事ができました」

常盤木はそう言うと自分のトレイを持って裏に下がり、青年も伝票を手に取るとレジに向かった。

「ありがとうございました」

秀尚がレジに入り、会計をしていると、

「さっきの人って、マスターのおじいさんですか？」

青年が聞いた。

「いえ。知り合いのおじいちゃんなんです。ふらっとこっちへ遊びに来て、滞在中っていうか……」

咄嗟に無難な嘘をつく。

「ああ、そうなんですね。お客さんかなって思ったんですけど、トレイ持って裏に入ってっちゃったから」

「相席、すみませんでした。いつもは厨房とかで食べてもらうんですけど、やっぱそれだ

と味気《あじけ》ないみたいで」

「いえいえ。こちらこそ、いいお土産もらっちゃいました」

青年はそう言って胸ポケットをぽんぽんと叩くと、レシートを受け取って店を出ていった。

その様子は、少なくとも相席をと常盤木が言った時よりも格段に晴れやかに見えた。

◆◇◆

その夜の夕食の時間。

常盤木は食事ができた頃合いで下りてきて、いつものように二人で一緒に食べた。

「そう言えば、今日のお昼ご飯の時なんですけど」

「はい？　ああ、いただいた白身魚のバター焼き、おいしかったですねぇ。こっくりとしたコクがあって、それに添えられた緑色のソースが味わい深くて、淡泊な白身魚だからこそ引き立つ味とでもいいますか」

思い出したように常盤木は褒めてきた。

「ありがとうございます。バジルソースっていうんですよ、あの緑色のソース」

「バジル、ですか。初めて聞きますね」

「わりと万能なソースで、パスタに使うこともありますし、本気で面倒な時は俺、あれで混ぜご飯しちゃってお昼ご飯終了、とかにしちゃうこともあるんですよ」

そう返事をしてから、話題がずれていることに秀尚は気づく。

「えーっと、ご飯の感想はありがたく受け取らせていただいて、相席したサラリーマンの人いたじゃないですか」

「営業職の彼ですね」

「はい。彼に渡してたアメ。あれは彼に託《たく》された誰かからの心残りの品、なんですか？」

父方の祖父母、というような言葉が聞こえていたから、そのどちらかなのだろうかと秀尚は勝手に思う。

しかし、常盤木は頭を横に振った。

「いえいえ、あれはそうではありませんよ。お店を覗いた時に、あの方の様子が気にかかりましてねぇ……。なにか元気を出してもらえるものをと思って、袂を探ったらあれが出てきた、というだけのことです」

「そうなんですね」

「まあ、なんらかの『思い出』に繋がる品が出てくるとは思っていましたが、表に出せるものでよかったです。袂に入っているわけがない大きさのものでも出てきたら、問題ですから」

「どこのマジシャンかって話ですよね」

そう言った秀尚に、常盤木は少し微笑んで、いくばくかの間を置いてから聞いた。

「根掘り葉掘り聞くつもりはありませんが、何か心残りがあるご様子ですね」

「……え？」

「時々、そんなお顔をされていますよ」

そうですか？　と、とぼけることは簡単だった。

だが、秀尚は少し考えてから、

「ご飯を食べたら、お店に行ってもいいですか？」

秀尚が聞くと、常盤木は黙って頷いた。

そして、食事を終えると秀尚は片づけを後回しにして常盤木と一緒に懐かし屋へと向かった。

中に入ると留守番をしていたらしい豆太が尻尾を振って秀尚を出迎えた。

「豆太は番犬じゃなくてお愛想《あいそ》犬ポジションだな」

そう言って秀尚は豆太を抱き上げた。

「豆太は他のお客様からも可愛いと好評なんですよ」

常盤木は言いながらカウンターの中に入り、どうぞ、と秀尚に席を勧めた。

秀尚は豆太を抱いたままイスに腰を下ろし、少し間を置いてから、口を開いた。

「俺が幼稚園に行ってた頃、母親が弟を産んだんです。でも妊娠中に体調を崩して入院して……」

父親一人で小学生の兄と幼稚園児の秀尚の世話をすることは難しかった。

そのため兄弟を洋食店を営《いとな》んでいる祖父母に預けるという話が出たのだが、兄の小学校まではかなり遠くなり、通学が困難になってしまう。

母親が出産を終えて戻るまでの間、遠距離の通学となると負担になるし、かといってその期間だけ祖父母宅近くの小学校に通うというのは、兄が嫌がった。

その結果、ある程度身の回りのことができる小学生の兄一人なら、何とか父親だけでも世話ができるだろうということになり、秀尚だけが祖父母の許に預けられることになった。

「じいちゃんのところにはわりと頻繁に行ってたんで、預けられることに関しては何も思わなかったっていうか、むしろじいちゃんのご飯が食べられるっていうのが嬉しかったくらいで……」

幼稚園は期間限定で転園することになったが、友達はすぐにできたし、何の問題もなかった。

「その頃は、まだひいおばあちゃんもいたんです。幼稚園に送っていってくれるのは、ばあちゃんだったんですけど、お迎えの時間は店が忙しいこともあって、そんな時はひいおばあちゃんが迎えに来てくれてたんです」

真っ白な髪を後ろで小さなお団子に結《ゆ》わえた曾祖母は、教室から秀尚が出てくるとにこにこ笑って、手を振ってくれた。

しわしわで少し骨ばった、けれど柔らかな曾祖母の手を繋ぎ、帰る。

「ひいおばあちゃんがお迎えの時は、いっつも寄り道して帰ってたんです。甘味屋に寄って、蜜豆とか食べて帰ったり、和菓子屋さんに寄ってお菓子を買って帰って、二人でお茶を飲んだり……」

――秀ちゃん、寄り道して帰ろうねぇ……――

優しい曾祖母の声は思い出そうと思えば、簡単に鮮やかに思い出せるのに、思い出すと胸が詰まる。

「四ヶ月ちょっと、祖父母の家で世話になって、母親が無事に弟を産んで家に戻ってきて、また俺は家に帰ったんです。それから半年くらいして、ひいおばあちゃんが病気になって入院したんです。子供の面会を禁止してるような病院じゃなかったから、一度、見舞いに行ったんですけど……ひいおばあちゃんの細い腕に点滴の針が刺さってるのが、子供の頃の俺には怖くて、まともにひいおばあちゃんを見られなかった。痛々しいって言葉を当時は知らなかったし、やっぱりその頃って注射が大っ嫌いだったから……何かのついでに自分も注射されたりするんじゃないかってわけの分かんない恐怖感もあって……」

どんなことを話したのかも、覚えていない。

ただ、曾祖母の足元ばかりを見ていた気がする。

そこなら、点滴が目に入らなかったからだ。

「その次に、親に一緒に見舞いに行くかって言われた時、俺は注射が怖かったから、行かなかったんです。それからしばらくして、ひいおばあちゃんが亡くなって……、あの時に見舞いに行かなかったことを子供心にも後悔して、葬式の間中、ずっと泣いてました。今でも、あれが最後になるんだったら、見舞いに行けばよかったって……」

秀尚はそこで、言葉を切った。

ずっと、誰にも言えなかった。

思い出すことも避けていたのは、自分の中にそのことと向き合う準備ができていないからだ。

ただ、常盤木なら、この店なら、ずっと抱えてきた感情を解消してくれるかもしれないと思った。

黙って聞いていた常盤木は頷いて、

「そうでしたか……。ですが、ひいおばあさまからお預かりしているものはありませんから、ひいおばあさまはその時の加ノ原殿にも、今の加ノ原殿にも満足しておいでのようですよ」

　そう言った。

「……それならいいんですけど」

　曾祖母が、秀尚に対して心残りがないというのなら、それはいいことなのだろう。

　なのに、なぜか胸の奥に引っかかるものがある。

　それが表情に出ていたのか、

「ひいおばあさまが、まだ私が連絡の取れる範囲にいらっしゃるかどうかは分かりませんが、一応、連絡だけは入れてみましょうか？」

　常盤木はそう言ってくれた。

　その言葉に秀尚は頷きかけて――、

「ありがとうございます。でも、自分で乗り越えるっていうか……、ひいおばあちゃんが特別何も思ってないっていうなら、これは俺が持ってくべき思い出なんだと思うんで……大丈夫です」

　そう、断った。

　秀尚の返事に常盤木は穏やかに頷いて、

「それもまた、よいことでしょう」

　秀尚の気持ちを尊重するように言った。

秀尚はしばらく間を置いてから、

「前にここで見た落ち武者の人とかも、みんなこんなふうに何かしらあるんですね。……豆太にも」

呟いて、膝の上の豆太を撫でる。

豆太は気持ちよさそうに目を閉じて、ご機嫌そうに尻尾を振った。

「そうかもしれませんねぇ。この店を必要とするほどのことはなくとも、みんな何かしら心残りはあるものかもしれません」

静かな常盤木の声は、秀尚の抱える心残りを肯定してくれているようにも思えた。

「……話を聞いてもらえて、ちょっとすっきりしました。ありがとうございます」

秀尚は礼を言ってぺこりと頭を下げた。

そして膝の上から豆太を下ろし、イスから立ち上がる。

「さーて、居酒屋の準備しなきゃ！」

気持ちを切り替えるように軽く伸びをして、意識して明るい声で言う。

「あの子たちは毎晩ですねぇ。世話をおかけします」

常盤木が労ってくる。

常盤木は、居酒屋にはあまり来ない。

懐かし屋は夜でもやっていて――むしろ夜のほうが客が多いらしく、居酒屋の時間は接客していることが多いのだ。

「いえいえ、俺も楽しんでますから。常盤木さんもお店、頑張ってください」

「ありがとうございます。加ノ原殿も、頑張って」

そう返してくれる常盤木に、笑みだけ返して秀尚が店を出ようとすると、豆太が「わんっ」と小さく一声鳴いてついてきた。

「豆太も行ってらっしゃい」

常盤木が笑う。

「すっかり味をしめたな、おまえ」

秀尚が言うのに、豆太は尻尾をご機嫌に振る。

居酒屋の時間に厨房にいると、常連たちから何かしらもらえることを学習した豆太は、毎日、常連たちを出迎えて——いや、待ち構えている。

時雨や濱旭などは犬のおやつを持参するし、陽炎たちは豆太が野菜好きなのが分かって、ドレッシングをかける前のサラダのアスパラや塩を振る前の枝豆などを与えている。

「賢《かしこ》い子ですからねぇ……」

声に笑みを含ませる常盤木に秀尚は目礼して、豆太と一緒に懐かし屋を後にした。

六

翌週も加ノ屋の定休日にやってきた了供たちは、豆太と一緒に遊んでいた。

「はい、次は萌黄。何読む？」

今日も今日とて、秀尚は子供たちの絵本読みだ。

萌黄の順番がやってきて声をかけると、いつもならすぐに「これ、よんでください」と本を渡してくる萌黄なのだが、

「かのさん、すこし、おはなししていいですか？」

そう聞いてきた。

「うん、何？」

「じじせんせいのおみせのおきゃくさんは、みんなしんじゃったひととかだって、うすあけさまがいってました。しんじゃったけど、やりたいこととか、しんぱいなこととか、そういうのがあるおきゃくさんだって」

「そうだね」

秀尚が肯定すると、萌黄はみんなに遊んでもらって――いや、みんなに遊ばれてやっている、が正しいのかもしれない――嬉しそうに尻尾を振っている豆太に視線を向けた。

「まめたちゃんも、やりたいこととか、しんぱいなこととかがあるんですか？」

懐かし屋の客ということは、そうなるだろう。

そのことに子供たちの中で一番先に萌黄が気づいたことに、秀尚は感心する。

萌黄は聡い。

子供たちはみんな賢くていい子ばかりだが、その中でも萌黄は感受性も強くて、人の気持ちも含めていろいろなことを考えている。

考えすぎて自滅してしまうことも時々あるが、双子の浅葱をはじめとして、他の子供たちが気を紛らわせたり、別の考え方を示したり、いい塩梅《あんばい》で萌黄をサポートしている。

子供たちはみんな、そうやって、自然と助け合ったり、思いやったりということをしていて、いい関係性だなと思うのだ。

もちろん、それを導《みちび》く大人がちゃんといるからこそ、だ。

保育狐の薄緋は厳しいところもあるが、優しいからこそ厳しくとも子供たちは慕っているのだと思うし、元館長の常盤木は、萌黄たちにとっては「優しいおじいちゃん」という印象が強いようだが、常連稲荷たちの様子から見ると、厳しい面もあるようだ。

――あー、そういえば落ち武者さんが荒ぶりかけた時、一声で収めたもんなあ……。ああいうのを「鶴《つる》の一声《ひとこえ》」って言うのかな。狐だけど……。

「かのさん？」

ついうっかりいろいろ芋づる式で考えてしまって黙った秀尚に、萌黄が声をかける。それに秀尚は慌てて口を開いた。

「ああ、ごめん。常盤木さんのお店のお客さんだから、豆太にも、多分何か気になってることはあるんだと思う。でも、それが何かは分かんないなぁ……」

そもそも、豆太は犬なので、意思の疎通が難しい。

秀尚が分かるのは「何か食べたい」という食への要求だけだ。

仕込みの時など、豆太はよく厨房にやってきて、興味の引かれるものがあると甘えるように鳴いて「ちょうだい」とアピールしてくる。

キラキラした目で見られるとどうしても断れなくて、つい味見と称《しょう》して与えてしまうので、飼い主としては失格の部類だろうなと秀尚は自嘲《じちょう》している。

もちろん、その時も携帯電話で、犬に与えても大丈夫な食べ物かどうかは検索してから与えているが、死んでいても体調不良になったりするんだろうかと、疑問に思わないでもない。

だが、生きている犬と同じように接するのが無難だろう。

「まめたちゃんが、きになってること……」

萌黄はそう言って考える顔になる。その萌黄に、

「萌黄、絵本はいいのか?」

と促すと、萌黄は慌てて持っていた本を差し出した。

「これ、よんでください」

「『アラジンと魔法のランプ』かー。はい、じゃあ座って」

萌黄はちょこんと秀尚の胡坐の間に座り、秀尚はいつものように読み始めた。


豆太には何か「心残り」があるらしい。

それに気づいた萌黄から、子供たちに伝わると、おやつ後に皆で豆太の「心残り」を探り始めた。

「やっぱり、なにかたべたいものがあるんだとおもう」

謎《なぞ》の自信満々さで言うのは殊尋だ。

「ぼくだったら、えびふらいがたべたい」

「はたえは、ぐらたんがいい」

自分たちへの置き換えが始まると、それぞれに食べたいものの主張大会になった。

「たべものじゃなくて、あそびたいおもちゃとかは?」

一通りの食べ物が出た後、そう言い出したのは実藤だ。

「おもちゃ……」

「まめたちゃんは、ぼーるがすきだから、すっごくすっごくおおきなぼーるとかかもしれない」

十重が主張する。

確かに豆太はボールで遊ぶのが好きだ。

部屋や廊下で転がすと、何度でも『取ってこい』をやりたがる。

疲れると、ボールを離さなくなるので、そこで終了になるのだが、つまりは疲れるまで遊びたがるほどだ。

「ぼーるのうえにのってあそびたい、とか?」

豊峯が言うのに、萌黄がピンと来た、といった様子で、

「とらんぽりんかもしれません!」

と主張する。

「トランポリン?」

子供たちの口から初めて聞くキーワードに、秀尚が問い返すと、

「かのさん、しらないの? わくに、ぬのきれみたいなのがはってあって、そこでじゃんぷすると、ぽーんぽーんって、すごくたかくとべるんだよ」

浅葱が説明してくれる。

「うん、トランポリンは知ってる。でも、なんでみんなトランポリンなんて知ってるの？」

秀尚が子供たちの住んでいる「萌芽の館」を最後に訪れた時にはなかったアイテムである。

「べつみやのゆーしさんが、ぷれぜんとしてくれた」

「けいぜんさまのおよめさんと、りゅうえんさまがもってきてくれました」

浅葱と萌黄が言うのに、秀尚は納得した。

「ああ、別宮の有志《ゆうし》の人たちから……」

別宮には女子稲荷が多い。

有志というのは多分、女子集団かな、と、景仙の妻の香耀と流苑《りゅうえん》がプレゼントを持ってきたというあたりでなんとなく察する。

「すっごく、たのしいの！」

「まめたちゃんも、きっとたのしいよ！」

ねー、と十重と二十重が息ぴったりに言うと、当然のように、

「やかたから、とらんぽりんもってこようよ！」

という流れになり、止める間もなく、浅葱、豊峯、殊尋、実藤の四人が押し入れの襖を

開けて館へと戻っていった。

そして五分ほどで、組み立て式のトランポリンを持ってきて、慣れた様子で足をつける。

豆太はトランポリンを見るのが初めてなのか「何か変なものが来たぞ？」という様子でそれを見ていたが、

「まめたちゃん、きて。おもしろいよー」

実藤が豆太を抱っこしてトランポリンに載せる。

豆太は足元が軽く沈むような感触に戸惑っていたが、そのうち「跳《は》ねる」という感覚が分かったらしく、何度かぽよん、ぽよん、と足踏みするような動作を見せた。

しかし、さほど気に入ったわけではないのか、すぐにその場で転んでしまった。

「……とらんぽりん、ちがうみたい」

「じゃあ、なんだろ……」

考える子供たちの中、稀永と経寿の狐姿の二匹が、トランポリンの上にちょこんと飛び乗り、そこで転んでいる豆太に寄り添った。

そしてしばらくじっとしていたが、

「あのねー、おじいちゃんのことがきになるんだって」

「まめたちゃんは、おじいちゃんにげんきになってほしいって」

二匹は不意に、そう言った。

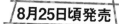

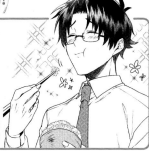

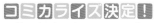

それに秀尚は驚いた。

「え？　二人ともなんで分かったの？」

驚いて秀尚が問うと、

「えっとねー、ぎゅってして、おしえてってしたら、わかるときあるの」

十重がそう言って二十重をハグする。

「わかんないときもあるけど、わかるときもあるの」

二十重もそう返した。

「うすあけさまは『こどものうちは、かんのーりょくがつよいですからね』って」

「かんのうりょく……？」

「かんのう」で秀尚の脳裏に最初に浮かんだのは「官能《かんのう》」だが、子供たちとはかけ離れた言葉だろう。

それ以外の「かんのう」が思い浮かばなかったが、子供たちに聞いたところで子供たちもよく分からないだろうし、とりあえず後で誰かに聞けばいいか、とスルーすることにした。

その間にも子供たちの謎解きは進んで、

「おじいちゃんって、だれのことでしょうか？」

萌黄が首を傾げる。

「じじせんせいも、おじいちゃんだよ」

殊尋が言うのに、

「でも、まめたちゃんのおじいちゃんだったら、おじいちゃんのいぬさんだとおもう」

豊峯が返した。

「まめたちゃんのおじいちゃんも、やっぱりしろいのかなぁ?」

十重はじっと豆太を見る。

「まめたちゃんがしろいのは、おじいちゃんいぬだからなの?　もともとなの?」

新たな疑問が生まれた様子だ。

その疑問に、

「豆太は多分、もともと真っ白なんだと思うよ。おじいちゃんになって、全部白髪になったってわけじゃないと思う」

とりあえず、秀尚はそう言ってみる。

「にんげんさんだと、まっしろなひといるよね。かのさんのおじいちゃんも、あたま、まっしろだった」

秀尚の祖父の写真を見たことがある豊峯が言う。

「うん、人間の場合、髪の毛が真っ白になる人もわりといるね」

その前に禿《は》げる人も多く、秀尚は今のところまだその兆《きざ》しはないが、恐れていることの一つだ。

「おじいちゃん、いっぱいいます……」

「まえに、かのさんとおかいものにいったときも、おじいちゃんとおばあちゃん、いっぱいみた……」

萌黄と浅葱が言うのに、世間に数多《あまた》いる「おじいちゃん」のことを思い、

「どのおじいちゃんのことなんだろう……？」

子供たちは困った顔で首を傾げる。

その様子に秀尚は、

「豆太が生きてた頃に、側にいてくれた人だと思うよ。飼い主さんとか……」

そう助言してみた。

「かいぬしさん！」

秀尚が口にした言葉に子供たちは目を見開き、

「まめたちゃん、おじいちゃんって、かいぬしさんのこと？」

殊尋が豆太に聞くと、豆太は「わんっ」と返事をした。

「まめたちゃんの、かいぬしさんのことなんだ！」

「じゃあ、げんきがないのは、そのおじいちゃんなんだね」

二十重と浅葱が言い、

「どうして、おじいちゃんのげんきがないんでしょうか……？」

　萌黄が次の疑問を口にした。

「だれかとけんかしちゃったのかも。あさぎちゃん、もえぎちゃんとけんかしたら、げんきなくなるよね」

　実藤が言う。

　基本、子供たちは仲がいいが、些細《ささい》なことでケンカをする。特に距離感が近いがアウトドア派の浅葱とインドア派の萌黄は、些細すぎることでケンカをし、センシティブな萌黄が泣いて、浅葱が拗《す》ねる展開になるのでお馴染みだ。

　同じ双子でも、十重と二十重の姉妹は泣くほどのケンカはしない。そっくりな双子同士で「ぶす！」と言い合って、ふんっとそっぽを向き合うが、五分もすればまたキャッキャしているから不思議だ。

「こわいゆめ、みたのかも」

「おいしいもの、たべられないのかも」

　経寿が言うのに、豊峯が続ける。

　みんな、「自分が元気がない時はどんな時か」から想像しているようだ。

「おねつがでたりしてるのかな？　おねつがでてたら、げんきでないよね」

　稀永が言うが、どうにも子供たちはピンと来ないらしい。

　しばらく、うーん、と考える中、不意に二十重が、

「まめたちゃんが、しんじゃって、いなくなっちゃったからかも！」

そう言い、みんな「それだ！」といった顔をした。

「きっと、そうだよ」

「まめたちゃんがしんじゃって、さみしくて、げんきがないんだ！」

「だから、まめたちゃんは、おじいちゃんのことがしんぱいなんですね」

みんな同意して口々に言う。そして、解決策を導き出した。

「じゃあ、おじいちゃんに、まめたちゃんはしんじゃったけど、げんきにしてるから、おじいちゃんもげんきだしてって、いいにいこうよ！」

その言葉に秀尚は焦るが、子供たちはすぐに問題に行き当たった。

「でも、どこにいるおじいちゃんなんだろう……」

再び、難しい顔をして考え込む。

それに秀尚は少し安堵するが、基本的に「諦める」ということをせず、斜め上理論を展開させることでお馴染みの子供たちなので、警戒は解かず、子供たちの話し合いを見守る。

そして案の定、

「おじいちゃんがどこにいるのか、まめたちゃん、わからないかなぁ？」

殊尋が言い出し、それに、

「まめたちゃんを、おそとにだしたら、おじいちゃんのおうちまでつれていってくれるかも！」

　十重が言った。

　それにみんなが「そうだね、まめたちゃんなら、おうちわかるもん！」と意見を一致させたところで、全員が秀尚を見た。そして、

「かのさん、まめたちゃんを」

「それはダメ」

　子供たちが言いかけたそれを、秀尚は即座に却下した。

「まださいごまでいってません！」

「そうだよ、まだなにもいってないのに」

　萌黄と浅葱が抗議し、他の面々も「そうだ、そうだ」と援護射撃をするが、

「豆太を外に出したいって言うんだろう？　でもダメ。『加ノ屋の中だけ』って、約束したの忘れた？」

　秀尚は最初の約束を子供たちに確認させる。

「約束」は守らないといけないもの。

　その認識のある子供たちは、「そうだけど……」と言いながらも納得いかない様子だ。

　そして最終的に辿り着いたのは、

「じじせんせいに、おねがいしにいこうよ！」

と「約束」をした本人への直談判だった。

勢いのまま子供たちは店に向かい、豆太の飼い主に元気を出してと伝えたいこと、そのために豆太を外に出したいのだとお願いした。

しかし、それを聞いた常盤木は渋《しぶ》い顔をして、

「それはダメです」

即座に不可を言い渡した。

その言葉に、子供たちは少なからずショックを受けた。

「じじせんせい」は今まで大体のことは「仕方ありませんねぇ」と言いつつも、聞き入れてくれていたのだ。

それなのに、今回は考えもせずに、すぐにダメだと言ってきたのだ。

「じじせんせい、どうして？」

「まめたちゃん、すごくしんぱいしてるのに？」

「まめたちゃんのおじいちゃんに、げんきだしてっていいにいくのは、だめなことなんですか？」

納得がいかなくて、子供たちは口々に言い募る。

その子供たちに常盤木はため息をついた。

そのため息に子供たちは少し期待する。

こんなふうにため息をついた後に、少し困った顔で「仕方ありませんねぇ」と言って、許してくれることがあったからだ。

しかし、今日は違っていた。

「いいですか、よく聞きなさい。元気のない人を励《はげ》ましてあげたいというおまえたちの気持ちは、優しくて、とてもいいことです。みんな優しいいい子に育っていて、じじ先生はとても嬉しいです。でも、豆太は、死んでしまっているんですよ。死んでしまったものが、生きているものたちの世界に戻っていったり、関わったりすることは、してはいけないことです。これは、何があっても守られなくてはならない約束事の一つです。そして、豆太や豆太のお爺《じい》さんが可哀想で心配だからと、安易《あんい》に手伝ったりすることも、してはいけないことです」

それに子供たちは、ぷうっとふくれっ面になる。

優しいいい子だと褒めてくれるのに、ダメだと言われて納得できないのだ。

「分かりましたか？」

ダメ押しをするように常盤木は言ったが、子供たちは返事をしなかった。

それに常盤木は何か言おうとしたが、

「ああ、お客様がいらっしゃるようです。さ、お店の外で遊んでおいでなさい」

客と会わせないように、常盤木は子供たちに店の外に出るように促した。

「お客様だって。ほら、みんな、部屋に戻るよ」

秀尚も行って、子供たちを店の外に出す。

常盤木は昏の動きだけで「お願いします」と伝えてきて、秀尚はそれに頷くと店の外に出た。

秀尚の部屋に戻ってきてからも、子供たちは諦めきれない様子で、「どうしたら豆太のおじいちゃんに元気を出してもらえるか」について策を考え始めた。

「おじいちゃんさがすのに、はりがみするのは?」

だの、

「まめたちゃんはげんきですって、おてがみかくのは?」

だのと、策は出るのだが、子供たちも豆太も店の外に出ることはできないので、

「でも、どうやればいいの?　おそとにでられないのに」

で、堂々巡りになる。

結局、その日、子供たちは何の策も思いつかないまま、意気消沈《いきしょうちん》して——しかし、夕食はきちんと完食して——館に帰っていった。

◆◇◆

「――ってことが、あったんですよね、今日」

その夜の居酒屋で、秀尚は一通りの料理を出した後、子供たちのことを常連稲荷に話すと、常連たちはみんな一様に思案《しあん》めいた顔になった。

「それは、ちょっと心配だね」

そう言った冬雪に、陽炎が頷く。

「ああ、なにしろ、あの子たちだからな」

「っていっても、気が抜けたら変化《へんげ》が解けちゃうくらいだし……とりあえずは、外に出られないようにだけ気をつけとけばいいんじゃないのかなぁ？」

濱旭が、そう高くはない子供たちの能力からそう判断して言うが、陽炎は、ちっちっち、と立てた人差し指を左右に振った。

「忘れてるかもしれないが、あの子たちは加ノ原殿があわいから人界に戻った時、加ノ原殿が忘れていった携帯電話をよすがにして自力で時空の扉を開いたんだぞ？　油断禁物《ゆだんきんもつ》だと俺は思うね」

その言葉に秀尚を含めた全員が「あー……」と当時のことを思い出した。

あわいの地に迷い込んだ秀尚が人界に戻った時、それは急なことだったので子供たちと挨拶もできないままだったのだ。

　急に秀尚が人界に戻ったことを子供たちは納得できず、そして、秀尚の料理が食べられなくなったことに欲求不満を募らせ――秀尚が忘れていった携帯電話を繋ぎにして、本来彼らの能力では到底できることではない「時空の扉の錬成《れんせい》」を成功させ、加ノ屋の業務用冷蔵庫から出てくる、という荒技をやらかしたことがある。

「子供の純粋な祈りは、時々、爆発的な力を起こすことがありますから……」

　景仙が呟くのに、常連たちは頷く。

　それに秀尚は、昼間、子供たちが言っていた言葉を思い出した。

「そういえば『かんのうりょく』ってなんですか？」

　稀永と経寿が豆太にひっついていて、豆太の心配事がおじいさんについてだと分かったことや、十重と二十重もくっついていると相手の考えが分かることがあるらしいこと、そして薄緋が「子供は『かんのうりょく』が強い」と言っていたことも合わせて言ってみた。

「ああ、それは『感応力《かんのう》』だ」

　陽炎がさっと胸元から帳面――メモ帳や手帳というよりも、帳面というのが相応《ふさわ》しい和綴《と》じの和紙でできたものだ――に、持ち歩き用の筆で漢字で記し、秀尚に見せた。

「へえ、こんな漢字なんですね」

　言いながら、やることは突飛《とっぴ》だったりするのに、相変わらず達筆だなあ、と感心する。

「相手の考えていることや感じていることが伝わる。おまえさんたちの言葉だと透視《とうし》能力ってのに近いかもしれんな」

「子供って、自分と他人の間に隔《へだ》てをまださほど持たないから、わりとできる子も多いのよね。アタシも小さい頃は相手をハグしたらいろんなことを感じたタイプよ」

時雨はそう言い、濱旭も頷く。

「そうなんだ。僕はあんまり感じなかったタイプかな」

そう言う冬雪に、景仙も頷く。

「私も同じく、あまり……」

どうやら、結構個人差があるらしい。

「まあ、常盤木殿もご存じのことなら、俺たちがそう心配しなくてもいいことだとは思うんだがな」

陽炎は言うが、一抹《いちまつ》の不安は感じているらしいのがなんとなく分かる。

「気にはかかりますが、向こうの世界に関わる案件に、不用意に手を出すわけにもいきませんし」

景仙も言う。

そのまま重めの空気が続くかと思えたが、

「まあ、不用意に手を出すわけにいかない世界だと分かってても、こんなに可愛い子に見つめられると、弱いわよねぇ」

時雨は膝の上に鎮座《ちんざ》して見上げてくる豆太にデレる。

「豆太くん、何か食べたいものはあるかい？」

冬雪もいつものタラシ声で豆太に問う。豆太は前脚を配膳台の上に置くと、おつまみの枝豆の前に伸ばした。

「枝豆かぁ。豆太ちゃん、野菜好きだけど、枝豆のおねだり多いよねー」

濱旭はそう言って、夏の定番つまみとして常に準備している枝豆——以前は軽く塩を振っていたが、豆太が食べたがるので、最近は茹で上げるだけにしてある——を手に取ると皮をむいて豆太に食べさせてやる。

「……もしかして、豆太の飼い主さん、名前をつける時に、この子の好物からつけたのかな……」

冬雪が呟いた。

「……もしそうなら、アスパラ太郎《たろう》だの、ニンジン二郎《じろう》だのになる可能性もあったってことだな」

しみじみと陽炎が言う。

「ギリッギリ、まだ可愛いネーミングに、乾杯」

時雨がそう言って、ビールの残ったグラスを掲《かか》げて飲み干す。

他の常連も同じように自分のグラスを掲げて、残りを飲み干し、

「さて、お次は何を飲む？　俺はそろそろ冷酒にするが」

陽炎が別の種類の酒に切り替える旨を告げ、酒宴の第二ラウンドが始まる。

それに合わせて、秀尚も次の料理に取りかかった。


今日も居酒屋が終わり、秀尚が風呂を終えて部屋に戻ってくると、豆太は秀尚の布団の枕の横で丸くなって寝ていた。

豆太は懐かし屋に戻って寝たり、こうして秀尚の布団で寝たり、その日の気分で好きな場所を選んでいる様子だ。

「豆太、おやすみ」

小さく声をかけ、秀尚は電気を消すと布団に横たわった。

もともと寝つきはいいほうなので、横になって十分もすれば秀尚は眠りに落ちる。

この夜も同じで――けれど、珍しい夢を見た。

気がつくと秀尚は知らない家の中にいた。

空いたビールの缶がいくつか転がった乱雑な畳の部屋で、白髪頭の、七十歳くらいの男性が晩酌《ばんしゃく》をしていた。

つまみは枝豆と缶詰の焼き鳥。

食べかけて途中で放ってしまっているコンビニ弁当も机の上にはあった。

缶ビールを飲んでいるが、晩酌をする顔はどこか浮かない。

——天ぷら弁当かぁ……、オーブントースターで軽くチンってしたらそこそこイケるんだけど、買ってきたままだとちょっとなぁ。

そんなことを思ったのを覚えているが、それ以上の何を見たのか、目が覚めた時には秀尚の中には何も残っていなかった。

七

翌朝、秀尚はいつものように朝食作りを始めた。

館に送る子供たちの本日の朝食のおかずは、アジの一夜干し、がんもどきと大根とニンジンの炊き合わせ、キュウリとちりめんじゃこの酢の物、そしてシンプルにわかめの味噌汁である。

子供たちの分を揃えて館に送り、自分たちの分を配膳台に並べ始めた絶妙のタイミングで常盤木が下りてきた。

「おはようございます、加ノ原殿」

挨拶をしてくる常盤木に、秀尚は一度配膳の手を止め、

「おはようございます」

と挨拶を返す。

常盤木はいつものように微笑んで配膳台にやってきて、二人分のイスの準備——それが、いつの間にか決まった常盤木の役割だ——をしていたが、不意に、

「豆太が、悪さをしたようですね」

じっと秀尚を見て言った。

「え？　豆太ですか？　大人しく寝てましたよ？」

秀尚が起きた時には、もう目を覚ましていたが、秀尚を起こすわけでもなく枕元にちょこんと座っていた。

秀尚が顔を洗いに行く時に一緒についてきたが、懐かし屋の前まで来ると、そのままドアをすり抜けて豆太は店の中に入っていった。

何しろ、実体があるようでない豆太なので、ドアをすり抜けるのはお手のものなのだ。

最初こそ驚いた秀尚だが、そんなものだと思ってしまえば、どうということはなく平然とそれを受け入れている。

「騒いだりとかも、してなかったし……」

いつもどおり、目覚ましが鳴るまでぐっすり寝ていた。

そう返事をしながら、味噌汁を椀に注いで配膳台に置き、常盤木が準備してくれたイスに座す。

常盤木もイスに腰を下ろしたが、

「夢を見ませんでしたか？」

そう聞いてきた。

言われてみれば、何か夢を見たのを思い出した。

とはいえ、夢というのは起きたてほやほやの間だけしか覚えていないことが多く、秀尚の場合、布団から出て洗面所に行くまでの間に思い出せなくなることがほとんどだ。

「どんな夢だったか、思い出せますか？　……ああ、今日もおいしそうですね。いただきます」

聞いておきながら、常盤木はマイペースで朝食を始める。

秀尚も流れで手を合わせ、いただきます、と言ってから味噌汁の椀に手を伸ばし、一口飲んだところで、夢の断片を思い出した。

「あー、なんか、知らないお爺さんが晩酌してる夢を見ました。ほとんど覚えてないけど、食べかけのコンビニ弁当があって、ビールの空き缶が転がったりしてて……なんていうか、侘《わび》しいって感じがしたっていうか……」

秀尚が思い出した夢の話をすると、

「その『お爺さん』が、豆太の主です」

常盤木はそう返してきた。

「え……あの人が？　本当に？」

まったく会ったことのない人で、にわかには信じられなかったし、見知らぬ豆太の飼い主の夢をなぜ自分が見たのかも分からない。

だが、秀尚は、さっき常盤木が口にした言葉を思い出した。

「豆太が『悪さ』をしたようだって、さっき言いましたよね？　夢を見たことで、何か害があるんですか？」

ふと心配になり、秀尚は問う。

それに常盤木は頭を横に振った。

「いえいえ、そういうわけではありません。ただ、豆太は主のことがどうしても心配で会いに行きたいようでしてね」

「あわいの子たちも、そう言ってたんで……それは分かるんですけど、それで、どうして俺が豆太の飼い主さんの夢を？」

それが謎だ。

秀尚の疑問に、常盤木はどう説明したものかというような間を置いた。

「『夢』というのは、不思議なものなんですよ。眠っている時に行われる記憶の整理で脳が認識した出来事を夢として見るとも言いますが……、たとえば昔から『夢現《ゆめうつつ》』や『夢枕《ゆめまくら》に立つ』なんて言葉もありますが、ご存じで？」

「まあ、言葉だけは。誰かに夢枕に立たれたことはないですけど」

「眠っている時というのは、人の『意思』や『意識』というものの力が極めて弱い状況です。そういうものの力が弱くなると、起きている時に認識している世界とは、また別の世界と繋がりやすくなることもあります」

「えーっと、あの世とか、ですか？」

「あの世というとネガティブなイメージですが、そこも含めて、別の次元の世界と申しますか……。本来、私たちは人前にこうして正体を明かして現れる、ということはしないものなんです」

常盤木が言うのに、秀尚は頷く。

「基本、そうだと思います……」

「ですので、たとえばどうしても伝えたいことがある時は、眠っているその時に、ということが多いんですよ。それがいわゆる『夢枕に立つ』ということです。豆太は、それを利用して、夢を辿って主の許に行こうとしたようなんですが、どうやら主には気づいてもらえなかったようで、同じ部屋に寝ていた加ノ原殿がその夢に巻き込まれたようですね」

そう説明されて、納得したというか、正確に理解できたわけではないが、この場合その必要もない。「まあそんなことがある」という程度の理解で充分だということを心得ている秀尚は、

「そうなんですね。……でも、害はないんでしょう？」

問題がないかどうかだけ、改めて聞いた。

それに対する常盤木の返事は、

「ええ、加ノ原殿には」

という、微妙なものだった。

「俺にはって……。豆太には何か問題だってことですか？」

「死んだものが、生きているものに対して強すぎる執着を持つのは、あまりいいこととは言えませんからねぇ。たとえそれが、純粋な『心配』や『愛情』から来ているものであっても……。いわゆる『あの世』と『この世』の間にはきっちりとした線引きがあります。それを破ることは理《ことわり》を犯すことになるんですよ。……もし豆太がその理を犯せば、処罰の対象になることもありますし、豆太の主の寿命が縮《ちぢ》むことにもなりかねないんです」

「そんな……」

いや、感覚的にだが『生』と『死』の間には、やすやすと越えてはならないラインのようなものがあるのは、分かる。

「豆太を『懐かし屋』の外に出すのは、やめたほうがいいかもしれませんねぇ……」

そう言った常盤木に、秀尚は箸を置き、聞いた。

「……なんとかできないものなんでしょうか？」

秀尚の抱える「心残り」が、豆太のそれと重なる気がした。

しかし常盤木は頭を横に振った。

「加ノ原殿の『何とかしてやりたい』というその気持ちは、とても尊《とうと》いものだと思いますよ。けれど、豆太のことは、本来であれば加ノ原殿も、子供たちも、知ることのなかった事柄です。ですから、そのことに対して何か行動を起こすということは、本来の流れに逆《さか》らうことになりますので……できることがあったとしても、してはならないことなんですよ」

静かな声で常盤木は説明する。

秀尚たち以上に、常盤木はおそらく「できる」のだ。

だが、しない。

してしまえば「理」を破ることになるからだ。

それが分かるから、常盤木の言うことは理解できるが――すっきりと納得できるかと言われれば、決してそうではない。

だが、割り切らなければならないこともある。

秀尚はそれなりに大人だから、そう思えるが、子供たちは難しいだろう。

――あんまりゴネないといいんだけど……。

秀尚はそう思いながら、再び箸を手に取った。

夜の居酒屋の時間が来たが、今夜は、豆太は階下には来なかった。

日中はいつもどおり、家の中を好きに歩き回って、秀尚にいろいろおねだりしていたのだが、閉店してしばらくした頃、二階に上がっていき、そのまま下りてきていない。

常盤木殿が、懐かし屋の外に出すのをやめたほうがいいかもしれない、とは言っていたが、実行するなら、明日の朝食後からだろうから、おそらく豆太の意思で下りてこないのだ。

居酒屋の時間にはいつも店にいる豆太がいないことに気づいた時雨に、どうしたのかと聞かれ、その流れで、豆太がどうしても飼い主に会いたがっていて、夢を辿っていこうとしたことを秀尚は話した。

もしかしたら、陽炎あたりが何か抜け道を指南《しなん》してくれたりしないかな、などというちょっとした下心もあったのだが、陽炎は難しい顔をした。

陽炎ですら難しい顔なのだから、他の常連たちも同じく、である。

「ここに毎晩入り浸《びた》ってる俺たちが言うことじゃあないんだが、それぞれの世界の『範《のり》』ってものは、守られるべきものだ。そこを曖昧《あいまい》にするのは、決していいこととは言えないんでね」

陽炎の言葉に、冬雪も頷いた。

「特に死者の世界と生者の世界は、もともと属《ぞく》していた場所が同じ者がいるだけに、交わりやすく影響を受けやすいんだ。だからこそ、心理的に『いいこと』のように思えても、安易に手を出しちゃいけないんだよ」

「……それは、分かります」

秀尚が言うのに、

「だからこそ、常盤木殿の『懐かし屋』みたいな店が必要なのよ」

時雨が言った。

それぞれの心残りを預かる店。

あの世に渡れない、渡らない者が集い、死者への思いを強く抱えた者も訪れる。

あの店はおそらく『緩衝地帯《かんしょう》』なのだ。

交わってはならない二つの世界の間に存在し、交わらせることなく、繋ぐ。

「やっぱり、そうですよね……」

豆太の願いを叶えてあげたいと思うし、夢で見たあのお爺さんが本当に豆太の飼い主なら……荒れた生活をしているように見えた。

もしそれが、豆太が死んでしまったことがきっかけなら、豆太が心配していることを伝えることで、何かしらいい方向に行くのではないかと思ったのだ。

「仕方のないことと思うしかありません、加ノ原殿」

景仙が言うのに、

「でもさぁ、大将は大人だから仕方ない、で割り切れるっていうか、大人の理性的なものがあるから踏みとどまれると思うんだけど、子供たちはどうなのかなぁ……」

濱旭がそう続け、秀尚も他の常連たちも深く頷いた。

「そうなんです……。『いいこと』なのに『やっちゃいけない』っていう、ある意味で正反対に思えるようなことを、子供たちが受け入れられるかどうか……」

秀尚だって「分かるけど！　でも！」な心境なのだ。

感情に素直な子供たちのことを考えると、心配しかない。

「それはそうだけど……常盤木殿が説得っていうか、説明したんだったら大丈夫…とも言えないか」

冬雪はそう言って腕組みをする、

「まあ、ほとぼりが冷めるのを待つしかないだろう」

陽炎もこればかりはお手上げだ、といった様子だ。

「まあ、子供の気持ちは変わることも多いから。常盤木殿だって、そのあたりは考えてらっしゃると思うし」

という時雨に、

「っていう希望的観測だよねー」

濱旭が笑いながら突っ込んで、少し場の空気が軽くなる。

「さて、希望的観測ついでに、俺の見立てだと、この後……ガッツリ系の何かが出ると思うんだが……そうだな、俺は、トンカツ系が食べたい」

陽炎が希望的観測という名のリクエストをしてくる。

「トンカツにできるような豚肉はないんですけど……豚ロースを重ねたミルフィーユトンカツでもいいですか？」

豚シャブサラダでも作ろうかと準備していたものがある。

「おお、いいな。期待してる」

「じゃあ、アタシもリクエスト！　ついでにハムカツ作って！」

時雨も乗っかり、ついでに濱旭も、

「あ、俺もハムカツ、ハムカツ！」

と手を上げ、いつもの居酒屋の空気に戻った。

◆◇◆

生きていると「仕方がない」と割り切らなくてはならないことは、多々ある。

納得できなくても、「仕方がない」と諦めることが必要な時もあるのだ——と、秀尚は自分に言い聞かせた。

豆太はあれからも、今までと変わらず家の中を自由に歩き回っている。

あの夜は居酒屋に下りてくる気持ちになれなかっただけのようで、翌日にはまた下りてきて、普通に常連たちに溺愛《できあい》され、いろいろ貢《みつ》がれていた。

夜は一緒に眠ることもあったが、豆太の飼い主だというお爺さんの夢は、もう見なかった。

もしかしたら、常盤木が豆太を説得したのかもしれないと思う。

豆太は愛らしい見た目からは想像できないが老衰で亡くなったというから、結構なおじいちゃん犬だ。

だからそれなりに聞きわけはいいのかもしれない。

——問題は、子供たちだよなぁ……。

とはいえ、子供たちがゴネて薄緋を困らせたというような話は聞かなかった。

子供たちの様子に心配なことがあれば、薄緋からあわいの地で警備の任務に当たっている、陽炎、冬雪、景仙の誰かを通して、秀尚にも情報が共有されることになっている。

だが今回はそれもなくて、もしかしたら子供たちも、常盤木の言葉を聞いて納得したというか、諦めたのかな、と思わないでもない。

意外と「だめなんだってー」「しかたないねー」と驚くほど簡単に説得される柔軟さを持っていたりもするので、子供たちの反応は正直読めない。

結局、薄緋からは特段、何の連絡もないまま週が明け、子供たちが遊びに来る日になった。

相変わらず子供たちは元気で、豆太も可愛がり倒していたが、豆太を外に出したいだの、豆太の飼い主を元気づけたいだのということは何も言わなかった。

「お、今は萌黄が豆太の抱っこか？」

お手洗いから戻ってくると、萌黄がいつも抱っこしている寿々をスリングごと浅葱に預け、豆太を抱っこしていた。

だが、かけられた声に萌黄は驚いたような顔をして、一瞬ぎこちない表情を見せた後、

「ぼくのばん、なんです。まめたちゃんは、ふわふわで、きもちいいです」

と、何か歯切れの悪い口調で返してくる。

「……萌黄、どうかしたのか？」

様子がおかしく思えて秀尚が問うと、萌黄は泣きそうな顔になる。

——俺がトイレ行ってる間に、豆太の取り合いでケンカでもしたのか？

何しろセンシティブ派の筆頭である萌黄は、些細なことでも泣きそうになるのでお馴染みなのだ。

「ど、どうもしない、です……」

どうもしなくない様子で、どうもしない、と言う。

――なんか隠してるな……。

そう思った時、

「かのさん、あのね、すーちゃんのだっこしないで、まめたちゃんのだっこしてるから、そのことおこられるかもって、しんぱいなんだよ」

十重が言った。

「え？　そんなことで怒らないよ。萌黄はいつも一番すーちゃんのお世話してて、えらいなって思ってるよ。……それにすーちゃんも、たまには別の人に抱っこされるのもいいだろ？」

秀尚はそう言って、浅葱がスリングで抱っこしている寿々の頭を撫でる。

寿々は気持ちよさそうに目を閉じてふにゃふにゃと、何か言いたそうに口元を動かしているが、音にはならなかった。

「じゃあ、俺、そろそろおやつの準備してくる。みんなは、ここで遊んで待ってて」

時計の時間を確認して、秀尚はみんなにそう声をかける。

みんな「おやつ」の言葉に顔をほころばせ、「いってらっしゃーい」と秀尚を送り出した。

「もえぎちゃん、だいじょうぶ？」

「……はい。ばれなかったでしょうか」

「だいじょうぶだとおもう。……なにか、わかった？」

「すこしだけ。……もうちょっと、がんばってみます」

秀尚のいなくなった部屋で、子供たちは小さな声で、そんなことを話していた。


「ええっ、本当に子供たち、今日も何も言わなかったの？」

夜、居酒屋で秀尚から子供たちの報告を聞いて、濱旭はことさら驚いた様子で言った。

「そうなんです。相変わらず豆太を代わる代わるみんなで抱っこしたり、おもちゃで遊んだりしてましたけど、外に出したいとかゴネたりは全然」

昨日も今日も、子供たちは、まるで豆太の飼い主の話など、なかったかのように、その話には触れなかった。

秀尚も、子供たちが言わないのに自分から振るのもどうかと思って何も言わなかったのだ。

「なーんだか、ちょっと怪しい匂いがしないか？」

そう言ったのは陽炎だ。

「怪しいって、何がだい？」

冬雪が問う。

「あの子たちが、あっさり引き下がるってのは、どうにも解《げ》せないと思ってな」

「それはちょっとあるけど、子供って気が変わるのも早いわよ？」

陽炎の言葉に時雨が返す。

「確かにそれはありますね。泣いていたかと思えば、五分後には笑っていることもままありますから」

景仙も言う。

「それもそうなんだが……、なんだか匂う」

陽炎は納得いかなげだ。

「っていうか、陽炎殿が子供の頃なら、隙があればいたずらをする機会を狙ってたからそう思うだけなんじゃないのかな。忘れた頃にチャンスを狙って仕掛けたり、そういう執念深さみたいなの、あったし」

幼馴染みのようにして本宮の養育所で陽炎と共に育った冬雪は、かつてのとばっちりを受けた記憶も含めて多少詰るような声音《こわね》で言う。

「あの子たちの中に、陽炎殿みたいなタイプはいないから、安心していいんじゃないかしら」

しれっと時雨が言うのに、みんなが笑う。

「まったくおまえさんたちは、俺を誤解しすぎてるんじゃないか？」

腕組みをして「解せん」などという陽炎に、

「いや、至極まっとうな評価だと思いますよ。この中じゃ、俺が一番付き合い短いですけど、それにもかかわらず陽炎さんってどんな人って聞かれたら『面白そうって思ったら、ためらいなくやらかす人だから要注意です』って説明しますし」

秀尚がはさらりと返す。

「うん、そのままずばりを言い当ててるよね。乾杯」

冬雪がそう言って、ハイボールの入ったグラスを掲げて乾杯の音頭《おんど》を取る。

それに合わせて他のメンバーも、自分のグラスを手に「乾杯」と続ける。

このところ、一つの話題の区切りを「乾杯」でシメるのが居酒屋タイムでは流行《はや》っていた。

――とりあえず、子供たちのことは心配ないって感じでいいのかな……。

少なくとも、来週まで、何の動きもないだろう。

そう思って秀尚は次の料理の準備を始める。

今日は、濱旭と時雨から食材の差し入れがあった。

二人は、お盆休み中で、日中、近場にちょこちょこと出かけているらしく、出先で珍しい野菜や、おいしそうなものを買って持ってきてくれていた。

とりあえず、かまぼこなどの練《ね》りもの系は盛り合わせにして出し、顔がギャングのような太刀魚《たちうお》は塩焼きにする。

それらを出しつつ、みんなの酒と料理の進み具合、そして時計を見て、この後何を出そうかと考えるのはいつものことだ。

——十時過ぎか……そろそろシメのご飯もの…。

ほどよく時間が過ぎ、秀尚がそう思った時、店の扉が開く音がした。ついで、焦った様子で近づいてくる足音。

この時間、当然、加ノ屋の店の扉は鍵がかかっていて、普通の客は来ない。

来るのは、加ノ屋の店の扉にリンクさせてある時空の扉を使える者——つまり、稲荷たちだ。

——もう終わりって時間に誰だろ？

基本的に常連稲荷たちだけということが多い居酒屋だが、時々イレギュラーで、秀尚が萌芽の館の厨房で同じように居酒屋をしていた頃に知り合った稲荷たちがふらっと来ることもある。

もしそうなら、そろそろ看板なんです、と告げるのは心苦しいなと思ったのが、厨房に姿を見せたのは薄緋だった。

「あら、薄緋殿」

「どうしたんだい？　血相変えて」

時雨と冬雪が入ってきた薄緋を見るなり、言った。

いつもはあまり感情を表に出さない薄緋だが、あからさまに動揺しているのが見て取れ、切羽詰《せっぱつ》まった様子で、

「子供たちは、来ていませんか……っ」

そう聞いた。

「え？」

思いがけない言葉だった。

「来てないっていうか、夕ご飯の後、館に送ったっていうか…帰ってないんですか？」

秀尚は慌てて返す。

いつもどおり、秀尚の部屋の押し入れの襖から館に帰っていったはずだ。

「いえ……いつもの時刻には、館に戻ったんです。ただ……寝かしつけた後、先程見回りに行ったら部屋にいなくて……」

薄緋の言葉に、常連たちは立ち上がった。

「いないって、こんな時間だよ？」

「館の中は？　全部探したのか？」

冬雪と陽炎が言う。

「館の中はすべて。外は警備の方に頼んで見てもらっていますが……部屋に空間を開いた痕跡があったんです……。どこに繋いだものかは分からないのですが、あの子たちが座標として使えるほどの場所と言えばここしか思い当たらず……」

焦燥感の濃い声で薄緋は言う。

「もしかして、俺の部屋にいる、とか？　俺、ちょっと部屋見てきます」

以前も、薄緋に黙って豊峯が来たことがある。

もしかしたら今回は子供たち全員で来て、秀尚の部屋で息を潜《ひそ》めているのかもしれないと思ったのだが、

「いや、この家のどこにも子供たちの気配はない」

すぐに陽炎が言った。

「そんな……。どっかに隠れてるとかは？」

「どこに隠れていたとしても、今のあの子たちは気配までは消せないわ」

「うん、ここには来てないね」

時雨の言葉に続け、確認のために気配を探ったらしい濱旭も言う。

「ここじゃないとしたら、どこに……」

見当もつかない。

だが、その中、陽炎が言った。

「だから言っただろう？　子供たちがあっさり引き下がるのは解せないって。……とりあえず、常盤木殿のところに行こう。常盤木殿は七尾だ。俺たちより常盤木殿のほうが子供たちを正確に追える」

陽炎は言うと、二階の「懐かし屋」にいる常盤木の許へと急ぐ。その後を全員で追い、「懐かし屋」に向かった。

「常盤木殿、緊急事態です。入ってかまいませんか」

陽炎が言うとすぐに「どうぞ」と返事があり、全員で中に入った。

「皆さん、お揃いでいらっしゃいましたねぇ」

緊急事態だと聞いても常盤木はいつもどおりだ。

「常盤木殿、子供たちがいなくなってしまったんです」

薄緋が悲愴《ひそう》な様子で言う。

無理もない。

子供たちを預かるということは、子供たちのすべてを守るということでもあるのだ。

それなのに、子供たちが消えてしまったなどということは、あってはならないことだった。

しかし、薄緋の言葉を聞いても、常盤木は驚いた様子はなく、ただ頷いた。

「大丈夫です。子供たちがどこにいるかは、ちゃあんと、分かっていますから」

常盤木はそう言うと、カウンターの上に置いた大きな水晶玉を指差した。

それを見てみると……

「あ……！」

そこには、夜闇《やあん》にまぎれ、どこかの家の庭らしきところに一列に並んで座している仔狐と、真っ白なポメラニアンが映し出されていた。

しかも、その仔狐の一匹は首から見慣れたスリングを下げていて、地面スレッスレのスリングの中にもっと小さな仔狐が入っているのが見えた。

「勢揃いだな……」

陽炎が半笑いで言う。

勢揃いした仔狐たちが様子を窺っているのは、庭に面した掃き出し窓のあるリビングの中のようだ。

「もう少し、寄ってみましょう」

常盤木が水晶玉の上に手をかざすと、まるでズームしたように室内の様子が見えた。

部屋の中には乱れた白髪頭の男性がいて、居眠りをしていた。

机の上には缶ビールの缶、夕食のコンビニ弁当と、晩酌のおつまみらしい枝豆と冷奴の皿があった。

それは、秀尚にとって初めて見る光景ではなかった。

あの日、夢で見たのと同じ部屋、同じ人だとすぐに分かった。

「……豆太の、飼い主さんだ……」

呟いた秀尚に、常盤木は黙って頷いた。

水晶玉の中では、ガラスに近づいた豆太が、ガラスをすり抜けて飼い主のいる部屋のへと入っていった。

「様子を見守りに行きましょうかね」

常盤木はそう言うと、何もない部屋の壁に軽く手を押し当てた。

するとそこに、ドアができ、常盤木はドアを開ける。

ドアの向こうは、真っ暗で、何も見えない。だが、常盤木は迷うことなくドアの向こうに消え、その後を薄緋たちが追う。

だが、秀尚は迷った。

彼らはお稲荷様だ。

こういう「不思議」なことに関わっても問題はないだろう。

だが、自分は、縁あって彼らと関わることになってはいるが、どこまで踏み込んでいいものか分からないのだ。

動こうとしない秀尚に気づいた陽炎がドアに向かおうとしていた足を止めた。

「おまえさん、どうしたんだ？」

「……俺が、行っていいのか分からなくて。……それぞれの世界の範は越えるべきじゃないんですよね？　だったら……」

深く関わるのは、よくないのかもしれない。

自分はこのまま、加ノ屋でみんなが戻ってくるのを待つほうがいいんじゃないかと、そう思ったのだ。

しかし、陽炎はにやりと笑うと、秀尚の腕を掴んだ。

「何を言ってる。乗りかかった船だ、最後まで付き合え」

そう言って強引に秀尚を連れて、ドアを通った。

真っ暗──ただの闇にしか思えなかったドアの向こうは、一歩踏み出した途端に水晶玉で見ていたどこかの民家の庭になった。

後で聞いたのだが、子供たちに気づかれないよう、ドアを通った時点でこちらの気配が消えるようにされていたらしい。

そのため、子供たちはわりと近くに秀尚たちがいても、まったく気づいていなかった。

というか、子供たちはガラスの向こうの豆太の様子に集中していて、多分、気配を消さなくても気づいていなかったかもしれないと思えるほどだ。

子供たちの視線の先で、豆太が居眠りをしているお爺さんの膝に、自分の前脚を乗せ、何度かふみふみと前脚を動かす。

その感触に、豆太の飼い主はふっと眼を覚ました。

そして、膝に前脚を乗せ自分を見上げている豆太を見つけ――、

「豆太……っ」

感極まった様子で、名前を呼んだ。

「豆太、豆太……戻ってきてくれたのか？　いや、わしを迎えに来てくれたのか？」

言いながら、飼い主は込み上げるものを堪えるように、口を一文字にして食いしばるような表情になったが、堪え切れず、涙を落とした。

「豆太…、豆…っ」

名前を呼ぶことすらままならず、そして、豆太に手を伸ばすこともためらわれるように、手を震わせている。

その中、ガラスギリギリに忍び寄り、カーテンの陰に身を隠した仔狐たちの中、十重が代表して口を開いた。

「おじいちゃん、あのね、ぼく、おじいちゃんといっしょにすごせて、まいにち、すごくうれしかったよ」

人の言葉を話すことのできない豆太の代わりに、豆太が伝えたいことを伝える。

「おさんぽも、やさしくなでてくれるのも、おなまえ、よんでくれるのも、だいすき。おじいちゃんとずっといっしょにいられて、しあわせだったよ。でもね、しあわせにしてくれたおじいちゃんが、ずっとげんきがなくて、しんぱいなの。おじいちゃんが、わらってくれてたら、ぼくはうれしいし、しあわせなの。だから、げんきだしてほしいの」

十重が伝えるメッセージに、飼い主は顔を歪《ゆが》めた。

「……わしは、わしは……いい飼い主じゃなかった。医者は、老衰だと言ったが……もっと餌に気を遣ってやってれば……サプリメントも、続けてやってればよかった」

後悔を口にする飼い主の言葉を聞きながら、秀尚は家の中をじっと見た。

小さな仏壇があり、そこには豆太の写真が飾られていた。

乱雑に荒れた部屋なのに、仏壇に飾られた花は綺麗で、おそらく豆太がずっと使っていただろう食器には、水と、そしてドックフードが入れられ供えられていた。

悲しくて自分の身の回りのことはできなくても、豆太にしていたことだけは、忘れずに行っているのだろう。

それは、飼い主がどれほど深く豆太を愛していたのかを表すものだった。

だからこそ、後悔が募る。

もっとしてやれることがあったんじゃないかと、自分を責める。

よくやったと周囲が言ってくれても——それでも死なせてしまったと、悔やむのだ。

自分より、早く逝《い》ってしまう存在だということは分かっていたはずだ。

それでも、自分が飼っていたのでなければ、もっといい飼い主のところに飼われていればと……。

——ああ……。

秀尚は、胸の中、嘆息《たんそく》する。

かけた愛情が深い分だけの後悔が、するでこっちにまで突き刺さってくるようだった。

だが、その中、豆太はまた前脚で飼い主の膝を数回、ふみふみした後、

「わんっ」

元気な声で鳴いた。

ただ鳴いただけだ。

だが、その声は豆太の「幸せだった」という気持ちを、まっすぐに飼い主に届けるものだったのかもしれない。

飼い主は泣きながら、触れられずにいた手を豆太へと伸ばし、豆太を撫でた。

「そうか、そうか……。豆太、おまえさんは、元気にしとるんじゃな」

飼い主の言葉に、豆太の尻尾が嬉しげに揺れる。

飼い主をじっと見つめ——その視線は、ふいっと別の場所へと向かった。

そう、飼い主が晩酌のつまみとして準備していた、枝豆に。

――豆太っ！――


見守っていた大人稲荷たちと秀尚は、全員盛大に胸の内で突っ込んだ。

状況が許すなら、ハリセンを持ち出したいくらいの勢いで突っ込んだ。

だが、飼い主はこの上なく嬉しそうに笑うと、涙を拭い、枝豆に手を伸ばした。

「おまえさんは、死んでも相変わらず枝豆が好きなんじゃなぁ……」

そう言うと、皮をむいた豆を手のひらに載せ豆太に差し出した。

豆太は甘えるような声を漏らし、手のひらの枝豆を食べる。

「たんと食え」

豆太が食べる様子を、飼い主は幸せそうに見つめる。


――そろそろ、頃合いでしょう――

常盤木が小さな声で呟き、何やら呪文《じゅもん》を唱える。

すると、飼い主はうつらうつらとし始めた。それを確認してから、

「では、行きますか」

視線を大人稲荷たちに向ける。

その次の瞬間、ふっと気配が変わり――、

「はい、そこまでですよ」

常盤木がかけた声に、部屋の中の様子を見守っていた仔狐たちは全員、面白いくらいにびくっと体を震わせた。

そして振り返ったそこに勢揃いしている大人稲荷たちを見て、完全に固まる。

「さて、帰りましょうかね。みんな、分担してお願いしますよ」

常盤木は言うと、近くにいた豊峯と殊尋を抱き上げる。それに続けて他の大人稲荷たちも子供たちを順に確保していき、最後に秀尚は、ガラスをすり抜けて出てきた豆太を抱いて、常盤木の作ったドアを通り「懐かし屋」へと戻った。


「まったくおまえたちは……、自分たちのしたことが、どういうことか分かっているんですか？」

無事、加ノ屋に戻った仔狐たちは、山の座敷スペースに一列に座らされ、当然のごとくお説教を受けることになった。

こんこんと諭す系の説教で知られている薄緋だが、今夜ばかりは、淡々《たんたん》としている中にも怒気が含まれていて、子供たちはいつも以上にしゅんとして、完全に耳を垂れさせていた。しかし、子供たちにとっては遅い時間だ。

シュン、として視線を下げているうちに、眠気がやってきたのだろう。

数匹がコックリし始め、頭を横に揺れさせて隣の子とごっつんこしてしまったり、前脚が崩れて、いわゆる「ごめん寝《ね》」状態になってしまったり、説教がロクに聞こえていない状況になった。

「薄緋殿、今説教しても、起きたら忘れちゃってるわよ、きっと」

時雨が苦笑しながら言う。

それに薄緋はため息をついた。

「……仕方ありませんね……、おまえたち、館に戻りますよ。お説教はまた明日です」

「はい、今日は解散だ。さあ、館に帰って寝るぞ」

陽炎はそう言って、豆太の飼い主の家から連れ帰った時と同じように仔狐を抱き上げる。

それを合図に、常連稲荷たちも仔狐たちを抱き上げた。

「アタシたちも、この子たちを館に届けたら家に帰るわね。食べ残しちゃったもの、明日また出して」

時雨が言うのに、濱旭も頷く。

「じゃあ、大将また明日ー。おやすみー」

「おやすみなさい、また、明日」

秀尚が見送りの言葉をかけると、仔狐を抱いた面々は店のドアをリンクさせてある大人稲荷用の時空の扉を通って帰っていった。

「さて、豆太。おまえさんは、私と一緒においでなさい」

常盤木は言うと、豆太を抱き上げる。

「豆太に罰《ばつ》、ですか？」

心配になって秀尚は思わず聞いた。

「いえいえ、違いますよ。無断で生者世界に行きましたので、早々に気を抜く必要があるんです。時間が経てば、厄介なことになりますから」

常盤木は、ではおやすみなさい、と続けて二階へと向かう。

秀尚は、おやすみなさい、と返して見送った後、厨房に戻り、片づけを始めた。

八

翌日の加ノ屋は一時間ほど早めに閉店になった。

理由は雨だ。

ランチタイムが終わったあたりから降り出した雨は、怖いくらいの降り方になり、三時前から客足がぱたりと止まってしまったのだ。

ラストオーダーは四時半だが、加ノ屋のＳＮＳに「天候不良のため、ラストオーダーの時間を三十分早めます」と書き込み、四時までは待ったが、結局、客が来なかったので店を閉めた。

もうすでに片づけも終わり、夕食の準備を始めるには少し早い。

——ちょっと部屋で休むかな……。

秀尚は二階の自室に戻ることにした。

階段を上り、そのまま部屋に戻ろうとして、ふっと足を止めた。

今日の食事の時、常盤木は昨日のことについて、特に何も言わなかった。

秀尚も聞いていいものかどうか分からなかったので、聞かなかったのだが、気にならないわけではない。

——やっぱ、気になる。

秀尚は部屋に戻らず、懐かし屋に向かった。

ドアをノックして「今、いいですか」と声をかければすぐに「どうぞ」と返事があった。

「失礼します」

ドアを開けると、豆太が尻尾を振りながら近づいてきて、出迎えてくれる。

ランチの仕込みをしている時には厨房にいて、野菜の端などを相変わらずねだってきていたが、バタバタし始めて気がつくと姿を消していた。

ずっと厨房にいることもあれば、どこかに行くこともあるし、豆太の行動は気分次第のようだ。

「まだ、お店の時間なのでは？」

懐《ふところ》から懐中時計を取り出し、時間を見て聞いてきた。

「外、すごい雨で客足がぱったり止まっちゃったんで、早めに閉店しました」

「おや、そうでしたか……。店の中にいると、雨音は聞こえませんでね。まあ、どうぞ」

常盤木は秀尚に席を勧め、秀尚は豆太を抱き上げると言われるままカウンター席に腰を下ろした。

「さて、何かありましたか?」

　落ち着いた頃合いを見計らい、常盤木が来た理由を聞いてくる。

「何かあったってわけじゃなくて、昨日の夜のことなんですけど」

「はい」

「子供たちの騒ぎっていうか……、何かたくらんでるなってことには、いつ気づいたんですか?」

　その問いに、常盤木は笑った。

「豆太のことで、あの子たちがゴネなかったでしょう? まるでなかったことみたいに。それで何かあると踏んだんですよ」

「……子供の気が変わりやすいから、とは思わなかったんですか?」

　居酒屋の常連たちでも、意見は分かれていた。

「そういう子もいますが…あの子たちは違いますねぇ。長年、多くの子たちと関わってきましたから、気が変わる子、諦めてしまう子、何かしら方法はないかと考える子……いろいろな子がいますが、あの子たちは諦めるタイプの子たちでもなければ、そう簡単に気が変わる子でもありません。それなのに、ゴネてきませんでしたから何か方法を思いついたと思ったんですよ。それに、時期が時期ですからねぇ」

「時期?」

秀尚は少し、首を傾げた。

「ええ。お盆ですから。七月にお盆を迎える地域から始まって、いわゆる旧盆が終わるまでの一ヶ月間は、死者の世界と生者の世界が近しくなる時期です」

「ああ、そうか……お盆って、ご先祖様が帰ってくるって時期だった……」

時雨と濱旭もお盆休暇に入っている！、テレビや新聞でもお盆帰省などという言葉を見聞きしていたが、加ノ屋はお盆の間も休まず営業する。

そのため、「お盆」という言葉が本来、意味するところまでは意識が向いていなかった。

「子供たちの力で何かできるとしたら、その間だけ。あの子たちが、豆太の気配を宿《やど》して帰った夜に何かするんじゃないかと思っていたんですよ。そう考えれば、条件に当てはまるのは一昨日と昨日の二日間ですから」

本来は丑三《うしみ》つ時《どき》が一番相応しい時刻ですが、子供たちでは起きていられないでしょうしねぇ、と常盤木は笑うが、

「……そこまで分かってて、止めなかったんですね？」

秀尚は確認するように聞いた。

その言葉に常盤木は笑みを消した。

「止めることも考えましたが……、今回のことで起きることというのは、影響の範囲が狭いだろうと思いましたからね。子供たちのしたことは、褒められたことばかりではありま

せんが、自分たちのしたことが周囲にどういう影響を与えるのか……行動をさせた上で叱られるべきことはしっかりと叱って、褒められるところはちゃんと褒めてあげるほうが、今後子供たちが何かをする時に役立つと思いましたから」

「やっぱり、じじ先生はすごいですね」

秀尚が返すと、常盤木は穏やかに微笑んだ。

そして、意外な言葉を口にした。

「さて、ここにも長くお世話になりましたが、来週あたり、店を移動しようと思います」

その言葉に秀尚は目を見開いた。

「えっ、そうなんですか？　俺、もっと長くっていうか、ぶっちゃけ年単位でいるんだと思ってました」

何しろ神様の言う「しばらくご厄介」だ。

人間換算でそのしばらくは年単位じゃないかなと勝手に思っていたのだが、本当に「しばらく」でびっくりする。

しかし、秀尚の言葉に常盤木は「おや？」という顔をしていた。

「最初からその予定でしたが……、言ってませんでしたかねぇ？」

「具体的な期間は、全然」

「そうでしたか……。もともと移動先にと思っていた場所があったんですが、予定外の工事が追加されたようで入居が遅れましてね。まあ、入居と言っても勝手に外壁を借りるんですが、工事中の物件の壁を借りても生きてらっしゃる方のお客様をお迎えはできませんので、工事が終わるまでの間だけこちらにと」

「そうだったんですか。あ、じゃあ、工事が終わって？」

「はい。来週には。……こちらに伺ったおかげで、久しぶりに教え子たちにも会えましたし、いろいろとおいしいものも食べられました。ありがとうございます」

礼を言ってくる常盤木に、

「いえ、大したおかまいもしませんで……」

秀尚はそう返してから、

――神様におかまいもしませんでって、普通だとめちゃくちゃ失礼だよな？

と思ったが、常盤木は相変わらず穏やかに微笑んでいた。

「そうそう、お世話になったお礼と言いますか、じじいのおせっかいですが……」

思い出したように言った常盤木は秀尚に背を向け、後ろに並ぶ引き出しの中から、一つを選んで開けた。

そしてそこから何かを取り出し、秀尚のほうに向き直る。

常盤木の手にあったものに、秀尚は目を見開いた。

それは、アイスクリームの載った蜜豆だった。

「それ……」

器も、アイスクリームの盛り方も、覚えている。

幼稚園の頃に、曾祖母と一緒に行った甘味屋の蜜豆だ。

似ているものじゃなく、曾祖母との思い出の品だと言い切れるのは、添えられたチェリーが二つだからだ。

――秀ちゃん、はい、さくらんぼ――

曾祖母は、いつもそう言って自分の蜜豆に添えられているチェリーを秀尚にくれた。

添えられているのは缶詰のチェリーで、ぐにゅぐにゅした食感で、特別においしくはなかったはずだが、幼い頃の秀尚にとっては「特別なもの」で「おいしく」思えた。

そして、その「特別」をいつも秀尚にくれる曾祖母が大好きだった。

いや、それをくれるから好きだったわけではない。

いつも秀尚が会いに行くと優しくしてくれて、遊んでくれて、いろんなことを教えてくれた。

とりとめのない子供の話を、目を細めて、面倒くさがることなく聞いてくれて――なのに、最期は会いに行かなかった。

胸がきしむような痛みを覚えて、秀尚は唇を噛み、うつむく。

目頭が、熱かった。

「ひいおばあさまは、心残りなくおいでになりましたよ。これは、ひ孫とすごした楽しい思い出として、私に託してくださいました」

常盤木の言葉に何も返せず、うつむくだけの秀尚の頬を、膝の上に抱いていた豆太が舐める。

その豆太に、常盤木は引き寄せた水晶玉を見せながら言った。

「おまえの御主人様は、少し元気になられたようですねぇ」

その声に、秀尚は手の甲で涙をぐいと拭い、鼻をすすって水晶玉を見た。

昨日、空き缶が転がったり、読み終わった雑誌や新聞、コンビニの袋などで雑然としていた部屋は、ごみがすべてまとめられ、乱雑だった机の上にものが何もなく、綺麗に片づいていた。

豆太の仏壇だけはあの状況でも綺麗にされていたが、飾られていた花が変わった。しめやかな菊《きく》ではなく、華やかなひまわりだ。

そして、餌を入れていた容器には、枝豆。

尻尾を振り、水晶玉に見入る豆太が「わんっ」と鳴いて、さらに尻尾を強く振る。

飼い主が、部屋に戻ってきて姿が映ったからだ。

無精ひげも綺麗に剃られ、乱れていた髪も整えられていて、小ざっぱりとした様子だ。

豆太の仏壇に目をやり、優しく微笑む。

「豆太、よかったな……」

秀尚は呟いて、豆太の頭を撫でた。

そして、目の前に置かれた蜜豆に添えられたスプーンを手に取り、蜜豆を食べる。

口の中で崩れる寒天の独特の感触と、少し溶けだしたアイスクリームの冷たさや、黒蜜の甘さ。

そのどれもが懐かしくて――

――秀ちゃん、おいしい？――

優しい笑顔を向けて、いつもそう聞いた。

ああ、と秀尚は胸の奥でため息をつく。

曾祖母を思い出す時、いつも最初に脳裏に蘇るのは、入院していた時の、あの点滴姿の曾祖母だった。

あんな姿はたった一度で、秀尚には何百回も優しい笑顔を向けてくれていたのに、思い出せなくて。

――でも。

胸の奥に長く抱えていたものが、すべて綺麗に解消されたわけではない。

それでも、これからは最初に思い出す曾祖母の姿が、幼稚園に迎えに来てくれた時や、一緒に甘味屋に行った時、そして何もなくても家で一緒にすごしていた時の曾祖母の姿になればいい。

——ひーばばちゃん、ありがとう……。

生者の世界と死者の世界が近くなる時期なら、この思いも届くだろうか。
届いても、届かなくても、いない人のことを思う時期。
それが「お盆」なのかもしれない。
そんなことを思いながら、秀尚は蜜豆を食べた。

九

週が明け、あわいから子供たちが遊びに来る日が来た。

子供たちに、あの後のことを聞くと、翌日の朝食後、全員正座させられ薄緋にメチャクチャ怒られたらしい。

しかもそれだけではなく、さらに翌日、別宮からやってきた流苑にも怒られたらしいのだ。

だが、子供たちは前日に薄緋に怒られた時に、自分たちの何が悪かったのかを充分理解していて、流苑の説教も素直に受け止めていた。

そんな子供たちが一番ショックを受けたのは「薄緋が本宮で白狐様から、自分たちのせいで叱られた」と流苑から知らされたことだ。

子供たちは、自分たちが怒られるのは覚悟の上で、豆太の飼い主のところに行っていたのだが、そのせいで薄緋が白狐から怒られることになるとは思っていなかったのだ。

――ぼくたちのせいで、うすあけさまが、びゃっこさまにおこられた――

その事実が何よりも重く、子供たちは超反省したらしい。

だが、流苑は一通り子供たちに説教をした後、

「ですが、あなたたちの優しい気持ちは、とても貴重なものです。その優しさは、失ってはいけませんよ」

と褒めてくれたらしい。

そのことを秀尚が居酒屋で今日も今日とて集まってきていた常連に伝えると、

「薄緋殿が白狐様より叱責《しっせき》を受けた、というのは間違いではないのですが……、叱責というよりは、薄緋殿が報告をされた際に『何事もなくてよかったが、大事が起きたやもしれぬゆえ、今後は気をつけるように』といったような言葉があった程度で、それ以上に一人で子供たちを相手に奮闘していることをお褒めになったらしいです」

景仙が、そう教えてくれた。

「え、そうなんですか?」

「はい。ですが、子供たちには反省を促すためと、自分たちの軽率な行動が自分たち以外にも影響を及ぼすことを教えるために、多少大袈裟に……、ということらしいです」

そう聞いて、秀尚はほっとした。

薄緋は完璧主義とまでは言わないが、規律を重んじる。

もちろん、子供たちの手本となるべく常に正しくあろうとしているということも分かる

が、本人の性格もあるだろう。

　その薄緋が、監督不行届と叱責を受けたとすれば、どれほどショックかと思い、さりげなく薄緋に何か差し入れでもしたほうがいいかな、と思っていた。

　そのため、秀尚が思っているような重い感じではないらしいのでほっとした。

「まあ、なんにせよ子供たちにとってはいい経験だったと思うよ」

　冬雪が言うのに、

「まさかあのチビちゃんたちで、時空の扉を開けちゃうなんて思わなかったわ」

　時雨が改めて驚いた様子で言う。

「だから言っただろう？　油断禁物だってな」

　陽炎は、どこか自慢げな様子を見せる。

「悪ガキは悪ガキの気持ちが分かるってことでいいです？」

　秀尚はそう言って、自家製ぬか漬けの盛り合わせを、どん、と大皿で配膳台に置いた。

「えー、何、これ、今日は漬物カーニバル？」

　濱旭が驚いた様子で言うのに、じっと大皿を見ていた陽炎が、

「これは……俺の力作、ハイブリッド精霊馬《しょうりょううま》じゃないのか？」

　怪訝な顔をして聞いた。

「ええ、そうです。いい漬かり具合ですよ」

さらりと秀尚が返すのに、陽炎はため息をついた。

「ああ、俺の千馬力の精霊馬が……」

「僕のあの子も、ここにいるんだね、きっと……」

冬雪もどこか遠い目をして言った。

それは、秀尚が曾祖母への心残りを少し解消できた日にさかのぼる。

お盆が間もなくだということに気づいた秀尚は、祖父母の家ではお盆になると精霊馬と精霊牛《しょうりょううし》を作って先祖を迎えていたことを思い出した。

仏壇の前に特別に台を準備して、精霊馬と精霊牛を並べて、その他にお供えのお膳を置く。

そして、庭の軒下にも、先祖を迎えるものよりは小ぶりな台を作って、同じくお供え物を置いた。

それは、帰るべき場所をなくした魂のために準備するものだった。

秀尚は夕食の準備のついでに、キュウリとナスで馬と牛の飾りを作った。

この加ノ屋に帰ってくる魂はいないが、帰る場所のない魂のために、だ。

だから、帰る場所のない魂のために、だ。

なんとなく、そうしたい気持ちだった。

そして、その馬と牛を見て、工作魂を燃え上がらせた景仙以外の四人が、秀尚が少し目を離した隙に食材の野菜を勝手に使って精霊馬と精霊牛を作り始めていた。

「ほらほら、ナスだから牛だけど、ペガサス」

濱旭はナスの両サイドを楕円に切り落とし、その切り落としたものと羽に見えるように切り込みを入れて、本体につまようじでとめ直し、つまようじで足を作って立たせてみせる。

「あら、メルヘン」

そう言った時雨は、小ぶりのカボチャを使って、窓とドアを飾り包丁——使っているのは小刀だが——で入れ、カボチャの馬車を作り、濱旭のペガサスを前に置いて、

「シンデレラはカボチャの馬車でお城の舞踏会に出かけるのでした」

などと言いながら、携帯電話に写真を収める。

「いやいや、カボチャは反則だろう」

そう言った陽炎は、

「基本を崩さず、こういう感じでどうだ?」

数本のキュウリでボディーを、そしてレンコンで車輪をつけたオフロードバイク仕様の精霊馬を作っていた。

「器用だねぇ」

感心した様子で冬雪がいい、時雨も頷く。

「陽炎殿、意外な才能持ってんのね」

「ほんとだ、すごい」

濱旭も褒めるのに、

「これなら、地獄の針の山もスーパージャンプで飛び越えるぞ」

陽炎は自慢げに言う。

「僕は、こんなものを作ってみたよ」

その陽炎に対抗するように、冬雪は自分が作った精霊牛を見せた。

それに全員が息を呑む。

「……えーっと、蜘蛛、かしら？」

時雨が戸惑いがちに言う。

むしろ、時雨が蜘蛛と推測できたことすら褒めたいくらい、冬雪が自慢げに出してきたのは謎物体だった。

まず、ナスがある。そのナスに、長さを半分にして、さらに八つに分けられた細長いキュウリが刺さっていた。

「ブー、不正解。もっとイマジネーションを使って」

冬雪が言うのに、濱旭が手を上げる。

「あー、分かった！　クワガタ？」

「全然違う」

「カブトムシか？」

陽炎が、間違いない、という様子で言う。

「みんな、虫から離れて。もっとイメージしてよ」

「八本足……たこ、ですか？」

景仙が答えを絞り出し、ああ、確かに八本足でナスがいわゆる頭というか胴体の部分だなと納得しかかったのだが、

「ダメ、みんな不正解。これは八岐大蛇《やまたのおろち》だよ」

どうしてみんなこれが分からないんだい、とでも言いたげな様子でため息交じりに正解を伝える冬雪に、

「いや、おまえ……ナスにキュウリぶっ刺しただけで八岐大蛇を想像しろとか、無茶ぶりにも程があるだろう？」

陽炎が言い、

「そうよ、景仙殿のたこがアタシたちのイマジネーションの限度よ」

時雨も続ける。

「とりあえず、写真に撮って、これで何を想像するかってクイズに使えそう」

「そうね」

濱旭の言葉に時雨も携帯電話を取り出し、それぞれの写真を撮影する。

「――で、無事撮影会も終わったところで、それ、ボッシュートです」

秀尚は時雨のカボチャの馬車以外、すべてを容赦なく自家製ぬか床にぶっ込んだ。

「あ！　俺のスーパー精霊馬が！」

「俺のペガサス！」

陽炎と濱旭が悲痛な声を上げ、

「僕の八岐大蛇」

と言った冬雪には、

「あつかましい、おまえのはたこだ」

即座に陽炎が突っ込んだ。

そして、唯一作品を残された時雨はキラキラした目で秀尚を見た。

「秀ちゃん、アタシの馬車は残してくれたのね」

「いえ、それは、今から煮物にします」

秀尚は容赦なくカボチャの馬車も取り上げ――馬車が約一時間後、おいしい煮物となってみんなの腹を満たしたのだった。

そして今日、それ以外が漬物として出てきたわけである。

「でも、お盆が終わって早々に常盤木殿がいなくなっちゃうとは思ってなかったなぁ」

漬物を食べながら、濱旭が言う。

常盤木は週が明けてすぐに加ノ屋を後にした。

「では、行ってきます」

と、ちょっとそこまで散歩に、というような気軽さで引っ越していき、洗面所前の壁は、今までどおり、普通の壁に戻っていた。

「最後に挨拶くらいはしたかったんだがな」

陽炎の言葉に、もっともだ、という様子で常連たちは頷く。

「一応、皆さんに挨拶はしないんですかって聞いたんですけど……」

常盤木の答えは、

『今生《こんじょう》の別れというわけでもありませんし、ここに来れば会えるのが分かっているわけですから』

というものだった。

「常盤木殿らしいと言えば、常盤木殿らしいのかもしれません」

景仙が言うのに、他の四人は頷く。

秀尚は、この一ヶ月ほどの付き合いしかなく、そのせいか、あっさりとしたものだなと思ったのだが、長く付き合いのある五人にしてみれば、常盤木はそういう人物のようだ。

——確かに、つかず離れずで、でもちゃんと見てくれてるって感じはあったかな。

秀尚の心残りを見抜き、自分で悩むべきと思っていた秀尚に、手を貸してくれた。

今もまだ、最後のお見舞いに行けばよかったとは思う。

けれど——最初に思い出す曾祖母の姿は、病院にいた時のものではなく、幼稚園の教室を出た時、優しく微笑んで手を振って迎えてくれた祖母の姿になっていた。

——今度、常盤木さんに会ったら、ちゃんとお礼を言おう。

秀尚は心の中で思う。

その秀尚の耳に、

「常盤木殿がいなくなっちゃったのも寂しいけど、アタシは豆太が帰っちゃったのも寂しいのよね」

時雨が嘆く声が聞こえる。

豆太は心配だった飼い主が立ち直りつつあるのを見届けて心残りがなくなり、お盆の終わりにあちらの世界に渡った。

もちろん、お盆が終わるまでは常連たちから散々、いろいろ貢いでもらったわけだが。

「膝の上が寂しくて仕方ないのよね。……本気で、何かペット飼おうかしら……」

比較的マジモードで呟く時雨に、

「ペットという名の、年下男子とかじゃないだろうな」

陽炎がからかうように言う。

「ちょっと、なんでそこで女子じゃなくて男子なのよ」

時雨が多少憤慨したように言う。

「年下ってところは引っかからないんですか？」

秀尚が聞いてみると、

「だって、今生きてる人、全員年下よ？　アタシ、二百歳超えてるんだもの」

ごもっともな返事をしてきた。

「あー、でも、料理と洗濯とお掃除をしてくれるなら、この際、男子でも目を瞑《つむ》るわ……ねえ、秀……」

「いろいろ全部含めて、お断りします」

言い終わる前に即座にお断りを口にする秀尚に全員が笑い、今日も居酒屋は楽しく営業しているのだった。

おわり

番外編①

社畜と萌えちゃダメ選手権

花々が美しく咲き乱れ、すごしやすい穏やかな気温の保たれた雅《みやび》やかなその場所は神界の一部にある。

本宮に比べ、やや小ぶりな寝殿造《しんでんづく》りの建物の中にいるのは七尾以上の稲荷ばかり。

その稲荷たちは――。

「まだ書状上がってきてないんだけど、どこで止まってるか本宮に問い合わせしてもらえる？　急ぎの案件だから、大至急《だいしきゅう》でって」

「一時間前にも問い合わせてるんですけど……もう、取りに行っちゃったほうが早いかもしれません」

「あと二十分で返事がなかったら式神《しきがみ》を飛ばすわ」

問い合わせに忙しい稲荷の横では、ものすごい勢いで書類に目を通し、決裁のハンコをおしたり、差し戻したりする稲荷。

「おーい、戦闘術式の会議始めるぞー。会議室『ろ』に集合ー」

響いてきた声に、

「あ、俺、十分ほど遅れます、最終処理してるので」

そう答えた稲荷は、何やら怪しげな禍物《まがもの》を魔法陣めいたものの上に載せて術をかけており、その隣の机の下からは仮眠を取っていた稲荷がのそりと出てきた。

「うぉっ！　流苑殿《りゅうえんどの》、そんなところに……」

たまたま通りかかった稲荷が、机の下から出てきた流苑という美しい女子稲荷に驚く。

「ああ……少しすっきりしたわ……、さすがに二徹めとなると、仮眠取らないとキツい……年齢かしら」

流苑は八尾を軽く揺らしながら伸びをする。

ここは、別宮《べつみや》。

七尾以上の稲荷だけで構成される「虎の穴《とらのあな》」であり、今ではもっぱら「社畜の宮《しゃちくのみや》」というあまりありがたくない異名で有名な場所である。

「お眠りになるなら、控室のソファーのほうにされればよかったのに」

伸びをする流苑に声をかけたのは、香耀《かよう》という名の、流苑と同じく八尾の女子稲荷だ。

「ソファーだと眠りすぎて仮眠にならないのよ。さて、仕事、仕事」

すぐに自分の机に向かい、流苑は仕事を始める。

とにかく、この別宮は「社畜の宮」の二つ名に恥じぬ（?）激務で知られたところである。

そして、この別宮を治めるのは、「玉藻《たまも》の前も裸足で逃げ出したのではないだろうか」などと褒めそやされる美貌《びぼう》を持つ金毛九尾《きんもうきゅうび》の才媛、玉響《たまゆら》である。

「長殿《おさどの》、本宮からお戻りになった?」

書類を処理していた流苑は、判断を仰《あお》ぎたい書類を手に、前の席に座した香耀に問う。

「いえ、まだです。でも、もうそろそろお戻りになるんじゃないかと思います」

香耀は時計を見ながら答える。

激務で知られる別宮では、その長の玉響も当然のごとく激務である。

一分一秒とて無駄にしたくない、本宮での会議？　それ絶対参加しなきゃダメなヤツ？　行ってる時間が惜しいんだけど？　な勢いで本宮に行くのを渋っていた玉響だが、最近は渋らずに行っている。

理由は、本宮に今、玉響の息子がいるからだ。

死別してなお現在進行形で最愛の夫の忘れ形見である息子を、玉響は溺愛していた。

会議に出席した後、五分、十分、という僅かな時間でも息子を愛でて戻ってくる。

むしろ「会議は巻きで。その分、息子と触れ合いたい」くらいの勢いである。

その玉響が戻ってきたのは二十分後のことだった。

「長殿、お帰りなさいませ」

流苑が待ちかねた様子で立ち上がり、判断を仰ぎたい書類を玉響の許へと持っていく。

「お戻りになってすぐで申し訳ありませんが、こちらの判断をお願いいたします」

流苑が差し出した書類を受け取り、玉響は目を通しながら座す。

「語尾を変えて申請《しんせい》してまいったか……。あちらも必死じゃなぁ。ここを八割にできるのであれば認可として戻せ」

「かしこまりました」

流苑が書類を手元に戻すと、香耀が玉響にお茶を持ってきた。

「長殿、お疲れ様です」

「ああ、ありがとう」

お茶出しは、命《めい》じてはいない。それぞれに忙しいし、飲みたければ自分で準備、が別宮の鉄則だ。

香耀も普段はお茶を持ってきたりはしないのだが、話すきっかけを掴みたい時などに利用することはある。

「長殿、それで、今日の急な呼び出しは一体なんの用件だったんですか？」

即座に問う。

今日は定例の会議などではなかった。

本宮を治める白狐《びゃっこ》から呼び出しがあったのだ。

「ああ、大したことはない。昨夜、あわいの子供たちが禁《きん》を破って単独で人界へ向かったらしいのじゃ」

玉響の言葉に香耀と流苑は顔を見合わせた。

「人界へ……」

「えーっと、景《けい》ちゃんたちがよく行ってるお店以外へってことですか？」

週に一度か二度、子供たちの食事を作ってくれている人物が開いている店に遊びに行っていることは知っている。

なので、その店に行ったというなら、別に問題にはならず「禁を破った」ことにはならないので、それ以外へ、ということになる。

だが、子供たちがあわいの地から外へ出るには、時空の扉を開かねばならない。

そしてその扉を子供たちだけで開くことは難しいはずなのだ。

「犬の霊の願いを叶えるために、飼い主の許へ行ったらしいのじゃ。子供たちの純粋な願いというのは、奇跡に近いことも起こすようじゃなぁ」

玉響はそう言って笑うが、結構な問題だ。

何しろ子供たちは、人の姿を取ることができても耳と尻尾を隠すことはできない。そのため、かなり目立つ。

人目につきづらい夜といっても、場所によっては出歩いている人間が多いところもあるのだ。

「常盤木《ときわぎ》殿がいらっしゃったらしく、子供たちの動向は見守ってくださっていたようじゃ。それで大事にはならずにすんだのじゃが、今朝、薄緋《うすあけ》殿が報告と監督不行届を詫びに本宮へまいられたようでな」

玉響の言葉に、流苑は少し眉根を寄せる。

「白狐様から叱責を？」

萌芽《ほうが》の館《やかた》で子供の世話を専任として見るのは、今は薄緋だけだ。

もちろん、警護の任についている稲荷たちも薄緋をサポートしているが、薄緋の負担は大きいだろう。

「何事もなかったゆえ、叱責は……。今後気をつけるようにということと、むしろ一人で子供たちを世話していることを褒められたようじゃ」

玉響の返事に、特に香耀と流苑はほっとした表情になる。

香耀はまだ子供はいないが、流苑には子供がいる。そのため子育ての大変さを知っているのだ。

「あわいの子供たちはいい子たちばかりですが……それでも、時には手を焼くこともございますし、あと一人くらいは専任をつけたいところですね。そうでなければ薄緋殿の負担があまりにも大きすぎます」

流苑が言うのに玉響も頷くが、

「とはいえ、手が足りぬのは本宮も同じであるし、特に子供たちを導《みちび》ける資質を備えた者となると」

思案顔になる。

「確かにそうですが……」

「まあ、白狐様も気にしておいでゆえ、何か手は打たれるであろう」

玉響はそう返してから、

「此度《こたび》の件に関しても、何事もなかったのはよいとはいえ、子供たちに反省を促すという意味で、他部署の者からも説教をということになっておるのじゃ。わらわが行きたいところではあるが、あの地に九尾は向かえぬゆえ……誰かに頼みたい。誰ぞ、行ってくれぬかと思……」

あわいの地に子供たちの説教に向かうための立候補を募る言葉を言いかけたのだが、その言葉を最後まで言わせない勢いで、

「「「はい！　いきます」」」

会話に参加していなかった――しかし聞き耳を立てていた――女子稲荷が複数、手をあげて立候補した。

「えー、私も行きたいです！」

負けじと香耀も手をあげる。

その騒ぎにやや遠めの席にいた女子稲荷たちが、何事かと近づいてきて、「萌芽の館で子供たちにお説教しちゃうぞ大作戦」と説明を受け、即座に立候補してきた。

何しろあわいの地にいる子供たちの可愛さには、別宮の大半の者が骨抜きにされている。

彼の地で開催された祭りに参加して直接子供たちと触れ合った者も多いし、後日出回っ

た動画――時雨《しぐれ》と濱旭《はまあさひ》が録画したもののいいとこ取りをしたベスト盤や、多くの稲荷が撮影したものなど――を見て、メロメロになった者も多いのだ。

特に女子は骨抜きといった感じで、「みんなで貢ごう」と、先日は子供たちにトランポリンをプレゼントした。

「ぜひ私に！」

「いいえ、私にご用命を！」

立候補者がかしましく騒ぎ立てる中、流苑がパンパン、と手を叩いて全員を一旦黙らせる。

「遊びに行くのではないのですよ。子供たちに指導しに行くのですから、萌《も》えてはいけないのです」

「分かってますって！」

「萌えないと言い切れますか？　うるうるした瞳で耳を寝かせてしょげさせて『ごめんなさい』って言われて、萌えないと誓《ちか》えますか？」

流苑の言葉だけで、子供たちの様子を想像した女子稲荷たちは、うっかり萌えてしまったが、中でも「ああん……、可愛い」と漏らしてしまった二人は、この時点でアウトになった。

「はい、そこの二人、不合格です」

ります」

「当然です。お説教に行くのですから、しまりのない顔でデレてしまっては意味がなくなります」

流苑の言葉はもっともである。

「じゃあ、人選、どうしますか？　適任者を選出する方法を考えないと……」

香耀が首を傾げつつ問う。

その言葉に、しばし黙して考えた後、

「そうじゃ、『萌えちゃダメ選手権』をすればよいのじゃ」

玉響が口にしたのは、よく分からない選手権で、とりあえず全員、ポカンとした顔で玉響を見つめるしかなかった。

「えーっと……？　選手権、ですか？」

戸惑いつつ聞き返す流苑に、

「選抜戦でもかまわぬが……」

玉響はそう返してきた。

――別に名前はどうでもいい！

流苑は突っ込みたかった。

突っ込みたかったが、とりあえず堪える。

「いえ、どのようなものかと、仔細《しさい》をお伺いしたく……」

「可愛いものを見て、最後まで萌えるのを堪えられた者を選ぶのじゃ」

玉響の説明は予想のつくものでしかない。

知りたいのは具体的な方法なのだ。

「つまり、子供たちの動画を見たりして、ということでよろしいですか？」

情報を補《おぎな》うならばそういうことだろう。

「とはいえ、皆、祭り動画をはじめ、今出ているものは飽きるほど見たであろう？」

玉響が言うのに、みんな頷く。

愛らしい子供たちの動画は、心の栄養剤だ。

時に一緒に歌い、踊って眠気を飛ばし、仕事に戻る。

心が折れそうな時にはヘビロテした。

何度見ても可愛いものは可愛い。

可愛いは正義である。

しかし、確かに見すぎたので、展開のすべてが頭の中に入っていて、萌えを堪えようと思えば堪えられる。

「よって、新たな萌えで査定《さてい》をしようと思うのじゃ」

玉響はそう言うと、自分の机の上に置いてある直径十五センチ程度の水晶玉を台座ごと引き寄せ、そこに手をかざした。

　オーロラのようなきらめきが水晶玉の中でしばらく回った後、

「ははさま、なにー？」

　水晶玉の中にやや茶色がかった濃い金色の髪の愛らしい子供が姿を見せた。

「秋《あき》の波《は》、もうおやつは食べたか？」

「うん！　おだんごたべた！　こしあんのと、つぶあんのとふたつ！」

　元気に返してくる秋の波と呼ばれた子供は、玉響の愛息《まなむす》子《こ》だ。

「それで、ははさま、どうしたの？　しごとちゅうだろ？」

「秋の波に頼みがあるのじゃ。聞いてもらえぬか？」

「いいよー。なにー？」

　即答する秋の波に、

「ほほ、頼み事の内容を聞かぬうちから返事をして。無理難題ならどうするのじゃ」

　玉響は微笑みながら返す。

「ははさまが、おれにむりなんだいとか、いうはずないから、へーき」

　絶対的信頼を寄せて笑う秋の波の様子だけで、女子稲荷はKO寸前である。

「少し待ってたもれ」

　玉響は一旦水晶玉を保留状態にし、

「予想はついているであろうが、我が愛らしき秋の波の姿を見て、最後まで耐え抜いた者を勝者とする。わらわはこれより秋の波と作戦会議をするゆえ、三十分後、参加者は会議室『に』へ」

玉響はそう言うと水晶玉を手に、部屋を出ていく。

残った女子稲荷たちは、闘志を胸に秘めつつ、まずは選手権開催までの三十分の間、しっかり仕事に勤しむのだった。

どんな時も仕事を忘れない、彼女たちは教育の行き届いた社畜だった。

◆◇◆

「では、『萌えちゃダメ選手権』を開催を宣言する」

三十分後、大会議室である『に』には、本日勤務しているすべての女子稲荷——先程、妄想だけで失格を言い渡された女子稲荷二人も「お慈悲《じひ》を！」と願い出て、泣きの一回で参加している——と一部の男稲荷も参加した。

会議室には、直径一五〇センチほどの巨大な水晶玉が準備されていた。

玉響が術で作り出したものである。

全方向から歪みなく、愛息子の姿を映し出すにはそのサイズが必要だと判断したがゆえである。

正直、玉響は親馬鹿である。

だが、玉響にとっては愛らしくてたまらない愛息子の姿が少しでも損なわれて伝わるようなことはあってはならないのだ。

「ルールは簡単。これより水晶玉に登場する我が愛息子、秋の波の姿を見て、冷静さを保てなかった者、萌えた者は失格とする。萌え判定は『声を上げる』『息を呑む』『表情に出す』といった外見的変化とする。よいな？」

玉響の問いに、参加稲荷全員が「はい！」と声を上げる。

「では保留を解く。ファーストステージ、オープン」

玉響の声と同時に、オーロラ色にきらめいていた水晶玉がクリアになり、そこに秋の波が現れた。

『ははさまに、あたらしいきぐるみぱじゃま、もらったんだー。かわいい？』

プテラノドンのきぐるみパジャマ——おそらくオーダー商品だろう——を着て、両手で翼の部分をパタパタさせる。

「あ……」

微《かす》かな声が漏れた瞬間、『デデーン』という効果音が鳴り、

「奏羽《やすは》、浄慶《じょうけい》、アウトー」

どこかで聞いたことのあるアナウンスで失格が宣言される。

『えー、はやいよー』

あまりに早い失格に水晶玉の中の秋の波が素《す》で言いながら、ちょこんと座る。両手の翼の先の部分が軽く畳に触れて折れ、後ろのほうには尻尾部分がちょろんと見えている。

たったそれだけのことで、再び『デデーン』と効果音は響き渡り、さらに三人の失格者が出た。

そこで一旦、水晶玉が保留に切り替わった。

「そなたら、やる気はあるのか？　いくら秋の波が愛らしいとはいえ、ちょろすぎるではないか」

無論、愛らしい秋の波の姿に早々に失格者が出たことは、玉響としては嬉しいことではある。

しかし、秋の波と練った作戦に、まだ入ってすらいない状態で五人も失格者が出てしまうという状況に、玉響は困惑を隠せないのと同時に、

――この者たち、メンタル弱すぎではないのか？

と思ってしまう。

無論、徹夜の続いている稲荷は多少いろいろな面でのハードルが下がっているだろう。

深夜のテレビで、些細な場面に大笑いというのと似た状況である。

――早々に決着がつくやもしれぬな……。

玉響はそう思いながら、再開を宣言した。

しかし、突然の再開に、保留中で気を抜いていた秋の波はプテラノドンの姿で畳の上に寝転びながら、狐のぬいぐるみに話しかけていたところだった。

その無防備な姿だけで、萌え死する者が出た。

「そなたら……あとで滝行《たきぎょう》にでも行ってまいれ」

失格者たちに、玉響はため息交じりに言う。

そして、改めて選手権が再開されると秋の波は順調に屍《しかばね》の山を量産していった。

あわいには説教に行く、ということなので、説教の際に考えられるシチュエーションで、正座をした秋の波がシュンとした顔で耳を垂れさせ、上目遣いで
『ごめんなさい……』

と謝る。

もう、上目遣いの時点で失格者が出ている始末だ。

だが、秋の波の攻撃は止まらない。

ごめんなさいからの、

『どうしたらいい？　もう、おれのことをきらいになっちゃった？』

の連続攻撃である。

まさかの胸キュン攻撃に、やはり失格者が続出した。

というかすでに失格になった者などは、二度目、三度目の死亡である。

この時点で半数が脱落しているのだが、玉響と秋の波の作戦会議の中ではファーストステージの部類だ。

この時点で脱落したのは、女子稲荷ばかりで、男子稲荷はまだ全員残っていた。

「男子は頑張っておるようじゃなぁ……。秋の波、次は男子をふるい落としにかかってたもれ」

玉響が声をかけると、秋の波は『わかったー』と言って、くるりと背中を向けた。

プテラノドンの尻尾が揺れる後ろ姿だけで失格者が出たが、流れを止めぬために続行される。

数歩歩いた秋の波が、ふっと振り返り、はにかむような笑顔を見せ、

『……あのさ、……ととさまって、よんでもいい？』

遠慮がちに問う。

この場合、秋の波の「ととさま」になるということは「玉響の夫になる」という、ある意味で覚悟のいる話なのだが、そんなことは吹っ飛ぶくらいに愛らしく、一人を除いて男

稲荷は全員膝を突いた。

残った一人は半目で「じゅげむじゅげむごこうのすりきれ……」と呟きながら精神統一を図っていた。

その状態で説教などできるのかと突っ込みたくなるが、この時点で、当初の『説教に行くための選抜』という目的はほとんどの稲荷から消え失せていた。

さらに二問続けられ、それが終わった時点で残った稲荷は子供のいる流苑と、あわいの子供たちの情報を夫の景仙《けいぜん》からよく聞き、写真なども見せてもらうことの多い、ある程度耐性のついている香耀、それから寿限無《じゅげむ》男子の三人になった。

最終問題になるかどうかは分からぬものの、秋の波はあわいの子供たちの間でも大人気の人界アニメ『魔法少年モンスーン』のエンディングを歌い出した。

舌ったらずな発音で歌い、振りのある部分ではきちんと決めポーズで踊る。

もはや失格した稲荷たちにとってはただのライブとなっているのと同時に、彼らもそのアニメはよく知っているので手拍子が始まる始末だ。

そして、それは起きた。

歌の途中、合いの手を求める部分があるのだが、その部分に差しかかった時、香耀と寿限無男子は絶妙のタイミングで合いの手を入れた。

それはもはや「お約束」なのだが、その瞬間『デデーン』と効果音が鳴り響いた。

「二人とも失格じゃ。勝者、流苑」

玉響の宣言に、流苑は長く息を吐き、膝をついた香耀は、

「ひっかけ問題、酷いですー」

抗議をしたが、

「最初に言ったであろう。『冷静さを保てなかった者、萌えた者は失格とする』と。流苑が冷静さを保っていた以上、合いの手を入れたそなたらの負けじゃ」

玉響がほほ、と微笑みつつ言う。

そして水晶玉の中から、秋の波が、

『ははさま、しょうぶついたー？』

問いかけてくる。

「流苑が勝者で決まり、じゃ」

『そうなんだ。りゅうえんどの、おめでとー』

玉響の言葉を受けて、秋の波が流苑を寿《ことほ》ぐ。

「ありがとうございます。秋の波殿もお疲れさまでした」

『ううん、おれもたのしかったし。じゃあ、ははさまもみんなも、おしごとがんばってね』

労って手を振ってくる秋の波の姿に、失格者たちは遠慮なく萌え、手を振り返す。

玉響はそこで水晶玉の映像を切り、

「さ、皆、仕事に戻るのじゃ」

集まった面々に、仕事に戻るように促す。

その中、

「あの、長殿……先程のご子息の映像は……」

ためらいがちに問いかける女子稲荷に、玉響は微笑むと、

「無論、録画ずみじゃ。編集したのち、全水晶玉で見られるようにするゆえ、しばし待つがよい」

と告げ、稲荷たちを喜ばせた。


翌日、流苑はあわいの地に向かい、萌芽の館の子供たちに改めて説教をした。

その時の子供たちの非常に反省した様子には胸が痛み、薄緋が白狐から叱責された――本当は『今後気をつけてね』程度だが、さらなる反省と自分たちの行動が薄緋にも影響することを伝えるために多少盛った――ことを伝えた後、薄緋に縋って謝り、許されてギュッと抱きつく様子には、もはや萌えしかなかった。

――昨日の秋の波殿の愛らしさは、水晶玉越しということでなんとか乗り越えられたけ

れど、これは……。

実のところ、流苑は、昨日の一問目でやられかけていた。

そこで「これはまやかし」と自分に言い聞かせることで耐えたのだが、リアルに伝わる感動はいかんともしがたい。

子供たちの説教を終えて別宮に戻った流苑は玉響に報告した際、

「正直に申し上げますと、萌えすぎて、九尾になるかと思いました……」

と、それほどの萌えを鉄壁《てっぺき》の無表情で乗り越えるのに使った労力に、少し疲れた様子を見せていた。

なお、それからしばらくの間、本宮にある滝行施設を予約する別宮の稲荷が絶えなかったらしい。

おわり

番外編②
陽炎と怪談と青空シーツ

一

夏の風物詩と言えば、花火に、海水浴、そして――怪談、だと秀尚《ひでひさ》は思う。

なぜ、夏になると怖い話をしたがるのか、不思議と言えば不思議だ。

テレビなどでも特集が組まれるし、ゾンビや吸血鬼などのホラー系映画が放送されるのも夏が多い気がする。

スプラッターも多い気はするが、あれはエンターテインメントだと思う。

とりあえず、集団から離れた者から狩られる。

というか、よく真夜中に一人で湖に泳ぎに行こうと思えるなとか、友達がバンバン死んでる夜にいちゃつこうという気になるなとか、大人になってから見ると突っ込みどころ満載な設定だ。

しかし、それは子供の頃には大好きだった映画の一つで、夏休みには必ず一度は親の目を盗んで見た気がする。

そういった怖いものを見ることで生じる精神的な寒さ（?）で、夏の暑さを緩和させようという目的があるのかもしれない。

が——。

「芳一殿《ほういち》……、芳一殿……。昨夜のように、甲冑《かっちゅう》がすり合わさる音と共に、男の声が聞こえてきた」

加ノ屋《かのや》の二階にある秀尚の部屋はなぜか薄暗く、その中で、陽炎《かぎろい》と子供たちが円になって座っていた。

「ああ、あなたは昨夜の。芳一は見えぬ目を、声の聞こえた縁側へと向ける。今宵《こよい》もそなたの琵琶《びわ》を聞かせてもらえぬだろうか……」

陽炎は声音を自在に操《あやつ》り、語る。

子供たちはじっと陽炎に見入り、語りに耳を傾けた。

「芳一は武者に手を引かれ、昨日と同じ場所へと案内された。では、今宵も壇ノ浦《だんのうら》の合戦を、お聞かせ願いたい。武者の言葉に、芳一は琵琶を構えた」

陽炎が琵琶を持つ仕草をする。そして撥《ばち》で弦《げん》を弾く動作をするのに合わせ、どこからともなく琵琶の音が流れた。

一層室内は暗くなり、臨場感が高まってくる。

——ここは一体、どこの朗読会場だよ。

陽炎を囲む子供たちの輪の中に参加しつつ、秀尚は多少呆れた気持ちになる。

事の発端は、先週だ。

大人稲荷が子供たちに数冊の新しい絵本を買ってきてくれた。

その中に「こわいおはなししゅう」というものがあった。

いくつかの古典的な怖い話が短いエピソードにまとめられたものだった。

収録されていたのは「化け猫」「一つ目小僧」「四谷《よつや》怪談」の三つだった。

「化け猫」は子供たちにとって親和性のある話だったようだ。

彼らが狐だからだろう。

「一つ目小僧」はくくり的には「妖怪」だが、萌芽《ほうが》の館《やかた》の冷蔵、冷凍を担当しているゆきんこちゃんも、いわば「妖怪」である雪女《ゆきおんな》の娘たちであるので、親しみやすい雰囲気だった。

だが、問題は最後の「四谷怪談」だ。

最後まで話を聞いた子供たちの一番の疑問は、

「かいだん、どこにでてきたの？」

だった。

「ああ……、うん、そこか、やっぱり」

キョトン顔で聞いてくる子供たちに、秀尚は納得した顔で返す。

なぜ納得しているかと言えば、秀尚自身、子供時代、やはり「ヨツヤカイダン」や「夏と言えばカイダンですね！」というテレビのMCの言葉に、戸惑いを感じたからだ。

今の話のどこに階段が？

夏は階段なんだったら、他の季節は？

そんな素朴《そぼく》な疑問を感じつつも、訳知り顔で「やっぱ夏はカイダンだよなー」なんて言う同級生たちに相槌《あいづち》を打っていたのだ。

その「カイダン」が「階段」ではなく「怪談」だと知ったのは小学校中学年の時。

同級生がぽつりと、

「俺、ずっと『よつやかいだん』って四谷って場所にあるなんかの建物か、道にある階段に関係したおばけの話だと思ってたんだよな」

と言い、それに他の同級生が、

「あ、俺も俺も！　怖い話って意味なんだろ？　もうさ、普通に『怖い話』とかって言ってくれりゃよくない？」

同意するのに、秀尚も「そうだよな！」なんて知ってたふうに返したが、その時に初めて、

——カイダンって怖い話のことなんだ……！

事実を知り、驚愕《きょうがく》したのを覚えている。

まあ、往々にしてそんなことはあり『ニホンゴ、ムズカシーネ』などと外国人風に思う

ことは今でもたまにある。

なので子供たちの疑問も頷けた。

それに秀尚が答えるより早く、

「たぶん、かいだんにすわってきくおはなしなんだよ！」

浅葱《あさぎ》が自信満々で言った。

「そうなんだ！　じゃあ、かいだんでもういちど、このほんよもう！」

そう言った豊峯《とよみね》が件《くだん》の絵本を手に、厨房へと下りる階段へ向かう。その後を子供たちが追った。

秀尚は止めるタイミングを見失ってしまう。

「じゃあ、もえぎちゃん、よんで」

階段まで来て、一段に二人ずつ座ったところで、豊峯は手にした絵本を萌黄《もえぎ》に渡した。

萌黄は、最近、ひらがなの読みをほぼマスターした。

書くのはまだ問題があり、濁音の大盤ぶるまいや『ら』と『ろ』と『る』の混同などがあるが、読むことはできる。

「じゃあ、よみます」

萌黄が「四谷怪談」の部分を読み始める。
五、六ページ程度にまとめられているので、読み終わるのはあっという間だ。

「……かいだんでよんでも、かわらないね」

呟いた二十重《はたえ》の言葉に子供たちは難しい顔をする。

「きっと、『よつや』がたりないんじゃない？」

十重《とえ》が首を傾げながら言う。

「『よつや』ってなに？」

殊尋が問う。

「うすあけさまが、まえに、『よつやにぬれますよ』って、いってた！」

そう言うのは稀永《まれなが》だ。

「それ『よつゆ』だとおもう」

だが、即座に実藤《さねふじ》が訂正した。

「よっつ、なにかあるんだよ、きっと」

ハッとした顔で浅葱が言う。

「じゃあ『よつ』『や』だから、ゆみでとばす『や』のこと？」

豊峯がすぐさま返した。

「でも、おはなしには『ゆみ』も『や』もでてきません……」

萌黄の言葉に『うーん』と子供たちは考え込む。

このままどこまで迷走が続くのか聞き続けていたい気もしたが、あまり引っ張るのも意地悪だなと思って、秀尚はここで種明かしをすることにした。

「じゃあ、正解発表。『四谷』っていうのは、場所の名前です」

「ばしょのなまえなんだ！」

子供たちは納得した顔になる。

「じゃあ、かいだん、はなんですか？」

そっちも気になるのは当然のことだ。

「『怪談』っていうのは『怖い話』のことを言うんだ」

秀尚はそう説明したが、子供たちは「うん？」と意味が分かっていない様子で、階段の上にいる秀尚を見上げてきた。

「え？」

理解してもらえなかったことに、秀尚は戸惑う。

――あ、もっと詳しくしたほうがいいのか。

そう思い直して、

「えっと『怪談』の『怪』っていうのは『変だな』とか『不思議だな』とかそういう意味があって『談』っていうのは、『お話』っていう意味なんだ。だから『不思議なことについてのお話ですよ』っていうのが怪談」

と秀尚なりに詳しく伝えてみる。

しかし子供たちは互いに顔を見合わせる。

——え？　今のでも無理な感じ？

と思った時、

「ふしぎでもへんでもないよね？」

そう言ったのは実藤だ。

「うん。ながいきしたねこさんが、ねこまたになるのは、よくあるよね？」

そう返したのは経寿《つねひさ》で、十重と二十重がうんうんと頷く。

「ひとつめさんは、あったことないけど……」

「でも、ゆきおんなさんは、ゆきんこちゃんのおかあさんだから、あったことあります」

浅葱と萌黄が言い、豊峯は、

「おいわさんは、いじわるされてびょうきになっちゃったりしてかわいそうだけど、しんじゃったひとでも、じじせんせいのおみせにはきたりするっていってたし」

先日まで加ノ屋に滞在していた常盤木《ときわぎ》の店のことを引き合いに出して納得してしまう。

そう、彼らは稲荷となる素質を秘めた仔狐たちだ。

普通の人間ならば不思議だったり怖かったりすることも、彼らにしてみればさほど不思議でも怖くもない。

そもそも彼らこそが「不思議な存在」なのだから。

──このパターンは考えてなかったなぁ……。

秀尚は、思ってもみなかった展開に苦笑した。

◆◇◆

「──っていうようなことがあったんですよ、今日」

その夜の居酒屋で秀尚は早速常連たちにその話を披露した。

「そう言われてみれば確かにそうだね。いわゆる『妖《あやかし》』と呼ばれる類とも、わりと行き来があるからねぇ」

そう言ったのは冬雪《とうせつ》だ。

「いわゆる『怪談』ってのは『未知のもの』への恐れだからなぁ」

頷きながら陽炎も言う。

「でも、人界のホラー系映画の豊富さはびっくりするわよね。アタシ、一時期すごくはまって毎晩一作ずつ見てたわよ」

「あー、俺も結構見た。ゾンビとか、そういう系」

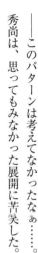

時雨《しぐれ》の言葉に濱旭《はまあさひ》も返し、

「そういう系統なら、子供たちも怖がるんじゃないかなぁ。スプラッターとか」

とつけ足す。

「スプラッターはR指定多いからダメよ」

「ああ、そうか」

時雨の言葉に濱旭は納得する。

「私は少し前に、外国の作品だったと思いますが、悪魔の子供を宿してしまい、その子供を出産してしまう女性を見て、うすら寒くなった覚えがありますね。こう、心理的に来るというか」

景仙《けいぜん》が言うのに秀尚は少し驚いた。

「景仙さんが人界の映画見たことあるとか、ちょっと意外」

景仙が言う映画が何か、秀尚は大体察しがついた。

「知り合いが人界任務で封切り直後に見て、なかなか興味深かったから一緒に見ようと勧められまして……」

つい最近見たのかと思えば、封切り直後らしい。

それは、秀尚の感覚で言えば「少し前」などというレベルではない。正確な公開日時は知らないが生まれる前の作品であることは間違いない。

しかし、神様スパンでは「少し前」という表現で事足りる感覚らしい。

「ああ、なんとかの赤ちゃん、とかってタイトルだったな。正確な名前は忘れたが……あれはなかなか巧《たく》みな作品だった」

どうやら陽炎も見たらしいのが分かる。

「え、結構面白そう。あとでネット検索してみなきゃ」

「あー、俺も入ってるサブスクにあるか見よ」

すっかり世俗《せぞく》慣れしている時雨と濱旭の言葉に、今さらだが「お稲荷様ってこんなんだっけ?」と思う秀尚である。

もっとも普段はあわいの地を含めた神界寄りで生活している陽炎、冬雪、景仙の三人も、時雨と濱旭と一緒に「いなりちゃんねる」などという動画を稲荷の水晶玉向けに月一でやっているくらいなので、本当に今さらではあるが。

「でも、怪談ってさ、情緒豊かなものだと思うんだよね。人の心の残酷さだとか、執念の恐ろしさだとか」

冬雪が腕組をしながら言う。

「ああ、それは確かにそうかも。大人になってから怖さがしみじみ分かるっていうのもありますよね」

秀尚も、子供の頃にはあまり怖さを感じなかった話を大人になってから改めて聞いて、心臓の下のほうがひやりとするような怖さを感じたことがある。

「語りの上手、下手でもずいぶん分かれると思いますが……」

そう言った景仙に、陽炎はパチン、と指を鳴らした。

「それだ」

嫌な予感しかしない「それだ」である。

陽炎が何かを思いつく時は、もれなく「やらかし注意報発令」の準備段階であったりもする。

「……なにが『それ』なんですか？」

とりあえず、聞いてみる。

聞かなくても話し出すだろうが、どうせ聞くことになるなら先を促したほうが早い。

「日本の『怪談』ってのは、細やかな情緒の積み重ねだと思うんだ。どれだけその場面を脳裏に描くことができるか。語りと語りの間の空気感やなんか、すべての要素を感じ取ってこそだと」

「そんな大袈裟なもんですか？」

陽炎が乗り気な時ほど、ヤバい。

なので、一応、軽く話の腰を折ってみる。

「大袈裟じゃないさ。子供のうちに情緒豊かなものに触れておくのはいいことだ」

――もっともらしいこと言ってるけど、これ、やりたいだけだよな……。

うん、知ってた、と秀尚は心の中で呟く。

どうして心の中でなのかというと、止めたところで無駄だからだ。

「はぁ……それで」

諦め気味に秀尚は言葉の続きを促す。

冬雪、景仙、時雨、濱旭の四人も大体の流れを察した様子を見せながら、陽炎の言葉を待つ。

そして、満を持《じ》して、陽炎は言った。

「俺が子供たちに、スペシャルな『怪談』の朗読をしてやろう」

あ、やっぱりそうなんだ。

秀尚と四人の常連の気持ちは一つになった。

そして――翌週、加ノ屋二階の秀尚の部屋で行われたのが、陽炎による「怪談会」である。

術で部屋の中を薄暗くし、効果音からどこからともなく吹く風、人魂など、ばっちりである。ついでに言えば、薄暗い中にほのかに落ち武者の姿が浮かんだり消えたりしているのだ。

「その夜もまた、武者が芳一を呼ぶ声が聞こえた。芳一殿……芳一殿…。だが、いつもいるはずの場所に芳一の姿が見えない。芳一殿、どこへ行った……芳一殿…。ガシャン、ガシャン、武者の纏う具足《ぐそく》の音と声が近づいてくる。芳一は心の奥底から湧き起こる恐怖を堪え、お経をあげ続ける。芳一殿……。間近で、武者の声が聞こえた」

陽炎の語りに子供たちは釘づけで、固唾を呑んで続きを待つ。

「今日はおらぬのか……、武者が呟いた。それに芳一がほっとした次の瞬間、おお、ここに耳だけあるではないか……ではこの耳をもらっていこう。武骨な武者の手が経文を書き忘れた芳一の両耳に伸びた。そしてぐっと掴むと、そのまま一気に芳一の耳を引きちぎった！」

「ひゃぁぁぁっ！」

「ひっ」

子供たちが自分の立派な狐耳を両手で押さえる。

自分の耳まで取られそうな錯覚《さっかく》を覚えて涙目だった。

「……朝になり、和尚《おしょう》が戻ってきた。そこで和尚が見たものは、引きちぎられた両耳から血を流しながらお経を唱《とな》え続けている芳一の姿だった。和尚は芳一の耳に経文を書き忘れたことを悟り、弟子の芳一を抱きしめ、泣きながら詫びた。その後、芳一は『耳なし芳一』と呼ばれたのだった……」

薄暗かった部屋の中がゆっくりと昼間の明るさを取り戻す。

子供たちは隣同士きつく抱き合ったり、体を寄せ合ったりしていた。

「これが『耳なし芳一』のお話だ。面白かったか？」

さっきとは打って変わった明るい声で陽炎が問いかける。

子供たちは、

「こわかった……」

「おみみ、とられちゃうかとおもった」

ぴるぴると耳を震えさせて口々に返す。

「かぎろいさま」

その中、涙目になりながら豊峯が手をあげた。

「どうしたんだい？」

「ほーいちのびわをききにきてた、へーけのゆうれいのひとたちは、そのあとどうしたんですか？」

子供らしい問いだ。

「そうだなぁ……。今も墓場で、誰かが壇ノ浦の合戦を琵琶で歌ってくれるのを待ってるかもしれん。ずーっと自分たちのために琵琶を弾いてくれる人を、引き込もうとしてな」

悪い笑みを浮かべながら、陽炎は返す。

おそらく子供たちの脳裏には血まみれの武者が浮かんでいるのだろう。「ひゃぁぁ」と小さな声を漏らして、またぎゅっと抱き合う。

「さて、あと一つ準備してきてるが……おまえさんたちはもう限界か？」

陽炎が問う。

子供たちは、震え上がるほど怖がっていたのに、興味のほうが先立っているらしく、

「ききたいです！」

「きかせてください！」

全員一致――秀尚が抱いた寿々以外――で続きをせがんだ。

「よし、じゃあ次は、おまえさんたちも知ってる『四谷怪談』にしよう。その前にトイレに行かなくていいかい？」

陽炎が促し、トイレタイムになった。

「おまえさんはどうだった？　楽しかったか？」

子供たちがお手洗い前に列を作りに行き、部屋に残っていた秀尚に陽炎は聞いた。

「楽しかったですよ。特等席で朗読劇を見てるみたいで。でも、ちょっと本気がすぎやしませんか？」

「これでも控えたほうだぞ？　本当はもう少し強めの幻術で墓場のシーンを作ったり、武者が子供たちの間を歩き回ったりも考えたんだが、リアルすぎるのもまた情緒がないと思ってな。想像の余地ってヤツは大事だろう？」

「まあ確かにそれは言えますね」

そんなことを話していると子供たちが順々に部屋に戻ってきた。

そして全員が揃って落ち着いたところで、二つ目の「四谷怪談」が始まった。

先程の「耳なし芳一」は子供たちにとって初めての物語だったが、「四谷怪談」は絵本で大ざっぱに知っている話になる。

そのため序盤は「知ってる」みたいな顔をして聞いていたのだが、絵本にない部分が肉づけされ始めると真剣そのものの顔になっていく。

「お岩《いわ》がいなくなりさえすれば……、伊右衛門《いえもん》は強く思うようになった。そこで思い切って毒薬を手に入れた。お岩にはそれを薬だと偽り、おまえのための苦心して手に入れた薬だ、日に三度、飲むように、と渡した。お岩は、ああ、伊右衛門殿は私のために薬を、と感激し、言われたとおりに日に三度、さちんと飲んだ」

陽炎が粉薬を飲むような真似を見せる。「だめ……」と小さな声で漏らしたのは十重か二十重のどちらかだろう。

女の子なのでお岩さんに同情する気持ちが強いらしい。

「だが、どうにもおかしい。よくなるために飲んでいる薬なのに、一向に体の調子はよくならないのだ。むしろ悪くなっている気がする。それでもお岩は、伊右衛門の心遣いを無駄にすまいと薬を飲み続けた。――そしてある日、最後の薬を飲んだ後、お岩はそっと手に櫛《くし》を取り、髪に差し入れ、すっと梳《す》いてみた。その瞬間、ばらり、とお岩の手に何かが落ちてきた。ふっと手を見ると、そこにあるのは抜け落ちた自分の髪ではないか……

『いやァァァァ！』」

突然上がった陽炎の悲鳴に、子供たちも悲鳴を上げる。

——やりすぎじゃない？

見守る秀尚は思ったが陽炎は止まらない。

「自分がどうなっているのか分からず、お岩は鏡を引き寄せ自分の顔を映し出し、そして目を見開いた。ごっそりと髪が抜け落ち頭皮が露出し、顔は醜くはれ上がり、この世のものとは思えぬものになっている」

子供たちは声もなく息を呑んだ。

「ここでお岩は初めて気づいた。伊右衛門が持ってきたのは薬などではなく、毒だったのだ、と。毎夜帰ってきては薬の包み紙を見て『ああ、今日もちゃんと飲んだのだな』と嬉しそうに言っていたのは、お岩がちゃんと毒を飲み、確実に死んでいくのを感じていたからなのだと。おのれ……伊右衛門……、あれほど愛しかった夫が、今は恨みの対象でしかない。だが毒のせいで自分がもう長く生きられないことにもお岩は気づいている。この恨みを晴らさぬままで死ねるものか……、お岩は心に決めた」

もうこの段階で子供たちは震え上がっている。

しかし、お岩はまだ生きていて、いわば怪談としてはまだ序《じょ》の口《くち》。

これからお岩が亡くなって、それから伊右衛門への復讐が始まるのだ。

――嫌な予感しかしない……。

秀尚はもはやこの手の話を怖がる年齢ではないし、陽炎の語りは確かにうまくて、普通に引き込まれるのだが、子供たちには刺激が強すぎる。

――薄緋《うすあけ》さん案件かなぁ……。

そんなことを、膝の上でスヤスヤしている寿々の頭を撫でつつ思いながら、秀尚は陽炎の朗読劇を楽しんだ。

二

夕食を食べさせて子供たちを陽炎と共に館へと送り出す。

「かぎろいさま、きょうはすっごくたのしかったです！」

「また、おはなしきかせてください！」

にこにこ笑顔で子供たちは言う。

陽炎が話し終えた時は完全に固まりきり、十重、二十重、萌黄、豊峯あたりの女子及び涙腺弱い組は泣いていたのだが、五分もすればすぐいつもどおりの子供たちに戻り、夕食もしっかり完食して帰っていった。

陽炎はそのまま、秀尚と一緒に厨房にやってきて、秀尚の仕込みをちょいちょいつまみながら一足先に飲み始める。

そうこうするうちに、常連たちが集まり、楽しい飲み会が始まる。

「それで、子供たちはどうだったわけ？」

今日、陽炎が怪談朗読会をやることは常連たちも知っていて、時雨がその結果を聞いてきた。

「楽しんでくれてたぜ？　なぁ、加ノ原《かのはら》殿」

「そうですね。震え上がってましたけど」

笑って言いながら、シーフードの醤油バター炒めを出す。

「震え上がってたって……。どれだけ本気出したの？」

冬雪が言いながらシーフードを皿に取り分け食べる。

「あ、これすごくおいしいね！　ビールにぴったり合う」

糖質を気にしてハイボールスタートにしていた冬雪は、

『やっぱり夏はビール！　って気持ちになっちゃうから』

とビールにしているが、一応はまだ気にしているらしく、わざわざ自分専用の糖質オフビールを買ってきている。

「口に合ってよかったです」

「ビールにも合うけど、やっぱ俺、ご飯もらうー」

濱旭はやはりご飯を取りに席を立った。

糖質を敵と見なす冬雪とは対照的に、濱旭はご飯大好きで気にしたふうもない。

――別に冬雪さんも全然変わってないんだけどなぁ……。

本人は気にしているが、秀尚から見れば何もまったく変わっていない。

本人が気をつけてるから維持できているのかもしれないが。

「ねぇ、子供たちに何の話をしたげたの？　子供向けなら『トイレの花子さん』とか？」

時雨が演目について聞いてくる。

「いや、子供たちの情緒を育てることを考えて、古典的なもので攻めた」

「『番長皿屋敷《ばんちょうさらやしき》』ですか？」

景仙があたりをつけてくる。

「近い！」

「近いってことは……『牡丹灯篭《ぼたんどうろう》』？」

ご飯をよそって戻ってきた濱旭が座りながら言う。

「もう一声！」

「分かった、『四谷怪談』だね！」

冬雪が言い当てる。

「そう。そしてもう一つは『耳なし芳一』だ」

陽炎が口にした演目に、時雨がそれまで隠していた狐耳をいきなり露出させたかと思うと、ヘナッと寝かせた。

「やめて。あれ、想像したら露骨に痛いから……」

「分かるー！　玉ヒュンレベルだよね！」

濱旭が同意して苦笑いする。

「子供たちも耳をプルップルさせてましたよ」

秀尚が子供たちの様子を伝えると、

「耳を引きちぎっていく最後のところ、あれはキツいよね。狐で耳を取られちゃったら、一瞬何の生き物？　ってなっちゃうし」

冬雪は真剣な顔で腕組みしながら言う。

確かに狐の――だけではなく、猫や犬もだが――耳がなかったらちょっと不思議な動物になってしまう。

陽炎も、うんうんと頷いていたが、

「俺は、この話を聞くたびに思うんだが……和尚は芳一の体のすべてに経文を書いて耳にだけ忘れたことになっているじゃないか。僧衣《そうい》で隠れている部分すべてにも書いたってことは……無論……」

真剣な顔をする。

「はい、シモネタ、シモネタ」

秀尚は話を終わらせようとしたが、

「ソコを書き忘れてたら、耳がなくなって不思議な生物になるどころじゃなく、死んじゃう！」

時雨が悲鳴を上げた。

正直、オネエ様と言いたくなる時雨の外見と口調でそれを言われると、ものすごく不思議な気持ちになる。

もっとも時雨は、口調がそうだというだけで――あと綺麗なものや可愛いものが好きなので会社の同僚の女子会に呼ばれるくらいではあるが――普通に男子なのだが。

「書かれた芳一殿も、和尚様も僧門に入った方ですから……煩悩を振り払って問題なく書き終えられたのでしょうね」

酒の席とはいえ、さすがに序盤でこれ以上シモネタが続くのはまずいと思ったのか、常識人・景仙が言う。

「煩悩滅却に乾杯」

陽炎が音頭を取り、ビールのグラスを掲げる。

他の四人も「乾杯」と手元のグラスを取って続けた。

「四谷怪談は、子供たちも絵本で少し中身を知ってたんですけど、絵本だとホントにちょっとだけだったんで……。今回、陽炎さんの話で細かい部分まで聞いて、もうお岩さんが毒を飲まされて髪が抜けるシーンですでに震えてました」

秀尚の言葉に、

「ああ、歌舞伎《かぶき》バージョンでやったんだね」

冬雪が陽炎を見て言った。

「一番メジャーじゃないか？」

陽炎もそう返したが、秀尚は首を傾げた。

「え？　四谷怪談って、歌舞伎でもあるんですか？」

「あるわよ。っていうか、そもそも四谷怪談って、鶴屋《つるや》のオジサマが作ったお話なのよ」

時雨が言う。

「鶴屋のオジサマ？」

これまた時雨が言うと、小洒落た紳士を想像してしまうが、

「鶴屋南北《つるやなんぼく》って知らない？」

出てきたのは、秀尚でも知っている人物名だった。

「あ、聞いたことあります、その名前」

「江戸時代の歌舞伎の脚本家、みたいな人ね。その人が当時起きた事件をいろいろ組み合わせて作ったのが『東海道四谷怪談』って話。実際のお岩さんって人は、旦那さんと仲がよくて、怪談話になってるようなエピソードってないのよ」

時雨の説明は、秀尚が初めて聞くものばかりだった。

「へぇ……、そうなんですね。時雨さん物知り」

「っていうか、稲荷なら知っとかなきゃダメなのよ」

ね、と時雨は他の四人に視線をやる。

「え？　お稲荷さんって関係あるんですか？」

陽炎の話の中にも出てこなかった気がして問い返すと、濱旭が手をあげた。

「はーい、時雨先生。お岩稲荷があります！」

生徒風に濱旭が言う。

「お岩稲荷？」

「そう。もともと、お岩さんは稲荷社を自宅に勧請《かんじょう》してくれてたのね。当時お岩さん夫婦はそんなに裕福じゃなかったんだけど、一生懸命旦那さんを支えて自分も働きに出たりして、家を守ってたわけ。で、お岩さんの努力が実って、旦那さんが出世して、家は再興。それにあやかって、ご近所さんもお岩さんの家のお稲荷様にお参りするようになったってのよ」

「で、その後、歌舞伎で『東海道四谷怪談』が上演されて、その後、新たな由来として怪談に絡めたものが広まるようになった。多分、歌舞伎の宣伝に使ったんだろうなあ。広告媒体ってのは、限られてる時代だったし」

時雨と陽炎が続ける。

「へぇ……そうなんですね」

「もともとのお岩さんの旦那さんが出世したってことから『出世』に関することと、歌舞伎の宣伝効果的なもので、いつの間にか『縁切り』にもご利益があるって言われるようにもなったんだよ」

冬雪もそうつけ足してきた。

「ご利益って増えるもんなんですか？」

「まあ……お願いごとをされて、それが精査した結果、問題なかったら基本的に叶える方向で動くからねぇ」

冬雪が言うと陽炎が頷いた。

「得意分野があるとはいえ、頼まれごとをしたら頑張ろうって気にはなる。ただ、こっちも不慣れなんで、最初はちょっと悪いなみたいな感じだ。こなれるまで時間がかかると思ってくれ」

察するに、歌舞伎の効果もあってお岩稲荷に「縁切りを！」と願う人が増えたことから、お岩稲荷のお稲荷様が縁切りにもこなれた、ということなのかもしれない。

「なんかそう考えると、かえってありがたい気がする。なんか、由来に書かれてないご利益ってないのかと思ってたから」

「事情が許すなら、得意分野を扱う神様の許に行かれるのがいいと思いますが、人を陥れたり、そういうものでなければ、大抵のことはこちらとしても、お手伝いしたいと思いますから」

景仙もそう続ける。

「そうなんですね。……俺も今度、神社に行ってなんかお願いしよう」

そういう秀尚の言葉に、

「大将、わざわざ神社に行かなくても、俺たちも稲荷だから聞くよ?」

笑って濱旭が言う。

「そうよ、秀ちゃん。いつもおいしいもの食べさせてもらってるんだし、遠慮なく言ってよ」

「ありがとうございます。でも、一人にお願いしたら筒抜《つつぬ》けにならないです?」

という秀尚の言葉に、冬雪は爽やかに笑った。

「大丈夫、守秘義務があるから」

「まあ、一人で手に負えないとなったら、タッグを組むから筒抜けっちゃあ、筒抜けにはなるな」

陽炎が即座に笑って続けてきて、

「ほらぁ、やっぱりー!」

突っ込んだ秀尚に、全員が笑った。

そんなふうにこの夜も楽しく居酒屋は進んだのだが、九時過ぎになって、それは起きた。

突然、みんなが囲んでいる配膳台の上の空間に直径二十センチくらいのシャボン玉のような球体が浮かんだかと思うと、その中に四尾の狐の姿が見えた。

――え、なんだろ……。

初めて見るそれに秀尚が目を丸くしていると、

『陽炎殿……』

そのシャボン玉の中の狐が陽炎の名を呼んだ。

その声は薄緋のものだった。

それも、御立腹モードの。

いい感じにほろ酔いだった陽炎だが、一気に真顔になる。

「はい？」

『今日は、子供たちを楽しませてくださって、どうもありがとうございます』

お礼を言っているのに、まったくお礼に聞こえない。

――あー……やっぱり心配したとおりになった気がする。

秀尚は内心で思った。

『あまりに素晴らしい語りだったそうで……おかげで子供たちだけで厠《かわや》に行くことが難しいくらいですね…』

やはり、予想どおりである。

「その、すまん……」

陽炎が謝る。

『いえ……、謝っていただくようなことではありませんよ。子供たちの世話をするのは、私の仕事ですし……。多分、今夜は何度も起こされることになるでしょうけれど…本当に、お気遣いなく……』

薄緋がそう言った時、秀尚の携帯電話がピコンと音を立てて着信を告げる。それにちらりと画面に目をやると、

——やだー、薄緋殿、激オコじゃない（笑）——

連絡用アプリに時雨からのメッセージが来ていた。

時雨に目をやると、彼は何食わぬ顔で配膳台の下でメッセージを打っている。

それからすぐに、

——陽炎殿、間違いなく、処《しょ》されるコースだよね。南無——

濱旭も真面目に薄緋の話を聞くふりをして、同じく配膳台の下で携帯電話を操作しメッセージを送ってきていた。

絶妙のタイミングでメッセージを送ってくる二人に秀尚は笑いそうになって困る。

「えっと、その、な……」

説明なのか言い訳なのか、何かを言いかけた陽炎に、

『どうぞ、ゆっくりお酒を楽しんでくださいね……』

薄緋が言う。

静かな口調がむしろ怖い。

「いや、今から、そっちに行く……お伺いします」

『そうですか？　申し訳ありませんね』

ここまで申し訳ないと思っていない「申し訳ない」を聞くと、かえってすがすがしい気さえする。

では後ほど。

その言葉を残し、シャボン玉がパチンと割れた。

「一気に酔いが覚めたな……」

頭をかきながら陽炎が言う。

「まあ、仕方ないですよ。子供たち、本気で怖がってましたし……」

秀尚が言うのに、陽炎は、はぁ、と一息吐いてから立ち上がった。

「そういうことで、俺は一足先に失礼する」

「はぁい、行ってらっしゃい」

送り出す時雨は、まるでお店のママのようだ。

陽炎は苦笑して店のほうへと向かう、そのまま時空の扉と繋がっている店の入り口から帰った、というか萌芽の館へと向かった。

「式神飛ばしてくるなんて、薄緋殿、ちょっとマジギレだよね」

冬雪が言う。

「式神ってさっきのシャボン玉狐ですか?」

該当するのがそれしかないので聞いてみると、冬雪は頷いた。

「うん、そうだよ。シンプルなタイプだね」

「遠方にいる稲荷や、他の知り合いの神族と連絡を取る時に使うんですよ」

景仙が説明を添える。

「へぇ……」

「人界にいるとあんまり使わなくなっちゃうわね。人前で出せないし、密に連絡を取り合う稲荷ってなると、やっぱり人界にいる子たちメインになるから、そうなると携帯ばっかになっちゃって」

「あー、分かる。使う時も、昔ほどデザインに凝らなくなった、俺」

時雨の言葉に濱旭も続け、冬雪も頷いた。

「僕もそうだよ。式神を使いたての頃は格好いいデザインを必死で考えて送ってたものだけどね」

「そのうち、連絡取れればいいかーってなっちゃうんだよね」

濱旭の言葉に、全員が頷く。

「でも、女の子はやっぱり可愛い式神作ってくるわよ。この前、香耀殿から連絡来たんだけど、三段の展開式になってて驚いたわ」

「別宮《べつみや》の女性の方の間で流行っているようです」

景仙が言うのに「やっぱり女の子がいるっていいわよねぇ」と時雨はしみじみした様子で言う。

「そういう、可愛かったり、凝った式神で来る時って、わりといい連絡の時が多いけど、今の薄緋殿のみたいにシンプルだと、事務的なものか、ちょっと怒ってるかってこと多いよね」

冬雪が言い、それに濱旭は薄緋に呼び出されてあわいの地に向かった陽炎に思いを馳《は》せる。

「薄緋殿、怒ると怖いからなぁ……」

濱旭がやや心配そうに言う。

「大丈夫じゃない？　陽炎殿だって、慣れてるわよ。薄緋殿に怒られるの」

しれっという時雨に、

「それもそうですね」

景仙がさらりと返してきて「今の結構、酷い返しだと思うんだけど」という冬雪の言葉にみんなで笑った。

◆◇◆

さて、居酒屋に残った面々が笑っている頃、陽炎はあわいの地にある萌芽の館を訪れ、そーっと子供たちの部屋の扉を開けていた。

「こんばんは……?」

疑問形で、しかも小声で陽炎が中を覗くと、一面に布団が敷かれた部屋の中、煌々《こうこう》とした灯りの許で薄緋が子供たちの寝かしつけのために絵本を読んでいた。

いつもなら子供たちは全員布団の中にいて、薄緋が絵本を読むのを聞いているのだが、今夜は全員布団には入らず薄緋にぴったりと体を寄せていた。

「こんばんは、陽炎殿」

陽炎が来たのに気づいて薄緋は絵本を読むのを中断し、そちらに視線をやった。子供たちも薄緋の声で陽炎が来たのに気づき、ばらばらにではあるが「かぎろいさま、こんばんは」と挨拶をしてきた。

——いつもなら、もう電気消して寝てる時刻だよな？

陽炎が戸惑いつつ、こんばんは、と返した時、

「今日は、陽炎殿がおまえたちと一緒に寝てくれるそうですよ。絵本も続きは陽炎殿が読んでくださいますから」

薄緋は子供たちにそう説明してから、視線を再度陽炎へと向けた。

「陽炎殿、……後はよろしくお願いします」

静かなのに迫力のある声に、陽炎は「お、おぅ……」と返しながら戸口から部屋の中に入る。

薄緋は絵本を陽炎に手渡し、では、と言って部屋を出ていく。

余計なことを一切言わないのが、逆に怖い。

——これ、しばらく怒られるパターンだな……。

陽炎は覚悟して今まで薄緋が座っていた場所に腰を下ろす。すると子供たちは身を寄せてきて、続きー、とせがんでくる。

陽炎は促されるまま、薄緋が読んでいた本の続きを読み始めた。

なかなか眠らなかった子供たちだが、絵本の冊数が進むにつれて一人二人と沈没していき、四冊目でやっと全員が眠った。

それぞれ布団の中に入れてやりたいが、そうすると起きてしまいそうなので、かけ布団だけしてやり、起こさないように立ち上がる。

そして薄緋が書類仕事をいつもしている一階の事務スペースへと向かった。

「薄緋殿、子供たちみんな寝たぜ」

そう報告をしたのだが、薄緋は首を傾げた。

「……ありがとうございます。で、なぜ下りてきたんですか？」

「え？」

「子供たちと一緒に寝てください、とお願いしたはずですが……？」

「いやいや、いつも子供たちだけで寝てるじゃないか」

「ええ『いつも』は……でも、きっとそのうち魘《うな》されて……」

薄緋がそう言った時、子供部屋から泣き声が聞こえてきた。

「ああ、あの声は豊峯ですね……お願いします」

「……はい……」

陽炎は返事をして二階に急いで戻った。

急がねば豊峯の泣き声で他の子供たちが起きてしまうからだ。

階段を上ると豊峯が、部屋の扉から顔をおそるおそる覗かせながらしゃくりあげているのが見えた。

「豊峯、どうした?」

走り寄った陽炎は言いながら豊峯を抱き上げる。

すると豊峯はぎゅっと陽炎に抱きついた。

「ねっ…ねて、…ったら、み、みみ、ひっぱらっ…て、…ぉ…ちむしゃ…きた……」

「いやいや、こない、こない」

「ぎーだーもーん――――」

濁音で主張して、号泣である。

部屋の中にいては他の子供が起きるので、廊下に出て泣きやむまで背中をぽんぽんとあやすように叩いてやりながら、抱っこを続ける。

多分隣に寝ていた誰かの手が耳に当たったとか、そんな程度のことだ。

だが、耳なし芳一の話のせいで、過剰に反応して目が覚めたのだろう。

――確かに、いささかやりすぎたかもしれんなぁ……。

豊峯はちょっと反省する。

そのうち豊峯は泣きやんで寝てしまったので、子供部屋に戻り、ちゃんと布団の中に寝かしつけてやった。

そして陽炎もその傍らで横になり、ウトウトしかけた時、

「かぎろいさま、かぎろいさま」

誰かが陽炎の体を揺すって、起こしてきた。

「ん……、どうした？」

目を開けてみると、十重と二十重の二人が泣きそうな顔で陽炎をガンガンに揺すっていた。

「……おしっこいきたい…」

「…ついてきて……」

「…おう、行こうな……」

陽炎は起き上がると二人と手を繋いでお手洗いに向かう。

子供たちは眠る前に必ずお手洗いに行く。

なので、夕方以降、余程たくさん水を飲んだ、というわけじゃなければ最近は朝まで寝ているはずなのだ。

仮に夜中に目を覚ましても、一人で行けるようになっているのだが、今日は一人だろうが二人だろうが、自分たちだけでは無理な様子だ。

今夜は眠る前のお手洗いに行った時、どうしても怖くて一人で個室に入れず、薄緋にトイレをすませたと嘘をついたらしい。

「かぎろいさま、ぜったいいてね！」

「いなくならないでね！」

個室の前で、十重と二十重は半泣きの顔で陽炎に言う。

夜中のお手洗いなど、眠る前より怖いのだろう。

「ここで待ってるから、早く行ってこい。漏らすぞ」

「もらさないもん！」

「ぜったい、いてよ！」

そう言って二人は個室に消えるが、すぐに、

「かぎろいさま、いるよね？」

「なにかおしゃべりしてて！」

姿が見えないので不安なのか注文してきた。

「はいはい、むかしむかしあるところに……」

「『こわいはなしはいやぁぁぁ！』」

まだ、何の話かも分からない段階で、十重と二十重は絶叫である。

個室から出てきた時は号泣していた。

手を洗わせて、来た時と同じように一人と両手を繋いで子供部屋に戻る。そして胡坐をかいた足のそれぞれに二人を座らせて、寝つくまで子守唄だ。

そしてようやく二人が眠って、また布団に寝かしつける。

——他に起きそうな奴は今のところいないな……。

部屋の中を確認して、また横になる。

だが、小一時間ほどした時、また誰かに起こされた。

「かぎろいさま…、おきてください……」

「ん…？　萌黄……どうした？　厠か？」

「……もらしました…」

「え？」

衝撃の言葉に陽炎は困惑した。

それは想定していなかったからだ。

「漏らしたって……」

「ぼくじゃありません。……あさぎちゃんです」

萌黄は無実を主張する。確かに萌黄のパジャマのパンツは濡れていなかった。だが、脇腹が濡れている。

「あさぎちゃんがねながら、ぼくにひっついてきて、それでぬれたんです」

「あちゃー……。とりあえず萌黄、着替えるぞ。ああ、その前に体拭いたほうがいいな。タオル取ってくる……」

立ち上がって洗面所でタオルを濡らしてこようとすると、萌黄が陽炎の袴をギュッと掴んだ。

「いっしょにいきます……」

みんなが一緒とはいえ、一人で起きて待っているのは怖いらしい。

萌黄と手を繋いで洗面所に行き、ついでにトイレもさせる。

そしてお手洗いから出てきた萌黄のパジャマの上衣を脱がせ、濡れた場所を中心に体を拭ってやった。

そして脱がせたパジャマは後で回収することに決めて上半身裸の萌黄と部屋に戻って、新しいパジャマに着替えさせると、次は浅葱だ。

おねしょをした本人は起きる気配もない。

だが、そのまま放置もできないので着替え一式を準備してから浅葱を起こす。

「浅葱、浅葱、起きろ」

「ん…ぅ……」

浅葱は一瞬目を開けたが、また目を閉じて寝てしまう。

仕方がないので諦めて寝ている浅葱の着替えをすませると、濡れていない布団に萌黄と隣同士に寝かせ、濡れた布団は二次被害を防ぐために撤去する。

そして浅葱と萌黄が寝たのを確認して、浅葱が着ていたパジャマと下着、そして洗面所に放置したタオルと萌黄のパジャマの上衣を回収してランドリーボックスに突っ込んでおく。

——布団はアレ、どうするんだ……？

薄緋に聞こうと思ったが、時刻は午前二時。

すでに寝ているらしく、薄緋の部屋の電気は消えている。

——まあ、朝でいいか。

そう決めてもう一度寝直した陽炎だったが、今度は明け方近くに目を覚ました。

理由は暑かったからだ。

見てみると両脇に狐姿の経寿と稀永が陣取って丸くなっていた。

ある程度気温が一定のあわいの地とはいえ、人界の夏季と多少連動があるので、さすがに毛玉二つが両脇にいると暑い。

それで目が覚めたのだ。

——なんか、寝ては起こされって感じで寝た気がしないな……。

そう思いながらも、まだ起きるには早いので再度目を閉じる。

その後は、薄緋が子供たちを起こしに来るまでぐっすりだった。

◆◇◆

翌日は見事なまでの快晴だった。

「ああ……太陽が目に沁《し》みる……」

陽炎は萌芽の館の庭先で、寝不足の目には結構つらい太陽の日差しに軽く手で目元を覆いながら、もう片方の手で伸びをする。

振り返れば、青空に翻る真っ白なシーツ。

その白さがまぶしいほどだ。

館の窓からは敷布団が干されている。

朝、薄緋が子供たちを起こしに来て分かったのは、おねしょをしたのが浅葱だけではなかった、ということだった。

というか、陽炎を起こしに来なかった子供は全員もれなく、おねしょをしていたのだ。

つまり、浅葱以外には実藤、殊尋、そして経寿と稀永は漏らしてしまった後に陽炎の隣に移動してきていたらしい。

――隣で漏らされたってパターンよりはよかったと喜ぶべきか？

精一杯ポジティブに捉えてみる。

とにかく、子供たちの世話はしたので、そこでお役御免だと思っていた陽炎だったが、薄緋の密かな怒りは未だ継続中で、

「では、子供たちの布団を干してください。それから濡れたシーツ類は全部洗濯していただいて……」

と言ってきた。

「いやいや、洗濯は本宮へ出しているじゃないか……」

日常的な洗濯物は、すべてまとめて本宮に出していることくらい陽炎とて知っている。しかし、

「おねしょをした場合は別です……。多少、申し訳ないもので、いつもこちらで洗っていますから」

薄緋にそう言われてしまった。

思えば時々、シーツが干されている気がしないでもない。

「分かった。洗濯機は、浴場のほうかい？」

問う陽炎に、薄緋は首を傾げた。

「洗濯機……？」

「え……？」

「タライと洗濯板が浴場にありますので…、後はお願いします」

そう言う薄緋に「あ、はい」としか、もう陽炎は返すことができなかった。

こうして、四枚の布団を干し、同じく四枚のシーツ——経寿と稀永は一枚の布団の上で一緒におもらしをしていたのである意味助かった——と、浅葱、萌黄、実藤、殊尋の四人のパジャマを手洗いして、干し終わったのがたった今だ。

謎の達成感に満たされた陽炎は、もう一度大きく伸びをして爽やかに言った。

「ああ、今日もいい天気だ」

おわり

番外編③

稲荷Heavenへようこそ

今日も今日とて、加ノ屋《かのや》閉店後の居酒屋は大盛況である。

任務でしばらく来ていなかった、ト半分の狐面装備の双子稲荷、暁闇《あけやみ》と宵星《よいぼし》も共に来て、フルメンバーが揃っていた。

「エビとアボカドの生春巻きです、どうぞ」

軽めに一杯目がすんだあたりで秀尚《ひでひさ》が出した生春巻きに、

「あら、急にパーティーっぽいメニュー」

真っ先に時雨《しぐれ》が反応した。

「なんか、急に生春巻き食べたくなっちゃったんですよね。それで自分の欲望に忠実になりつつ、皆さんにお裾《すそわ》分けっていうか」

秀尚の言葉に、

「大将の取り分より、お裾分けのほうが多いじゃん」

濱旭《はまあさひ》が笑いながら言って、いただきます、と口に運ぶ。

「あ、何もつけなくても具材に味がついてるからおいしい」

「ソースつけると、味が均一にならないのがちょっと嫌なんで、ソースを具材に混ぜ込んどいたんです」

秀尚が説明する。

「このほうが食べやすくていいんじゃないかな。僕も、タレの類《たぐい》が零れちゃったりするのちょっと苦手なんだよね」

冬雪《とうせつ》が同意を示す。

「手とか服とか汚れないほうが喜ばれるし、パーティーとかにいいわよね」

「時雨殿、やけに今日は『パーティー』って言葉が多くないかい？」

問う陽炎《かぎろい》の言葉に、時雨は首を傾げた。

「え？　そう？」

「うん、多いよー。今日来てからなら通算で五、六回、直近でもう二回聞いてる」

あっさり言う濱旭に、他の面々も頷く。

「やだ、恥ずかしいわね」

「なんかあったのか？」

照れる時雨に聞いたのは宵星だ。

「何かあったってほどじゃないんだけど、今日、ちょっと代理で他社のパーティーに出席したのよね」

「ほお」

「その時に初めて生シャンパンタワーを見て、ちょっと興奮しちゃったのよ」

時雨の説明に、宵星と景仙《けいぜん》以外の稲荷がああ、と頷く。

分かっていない二人には、時雨と濱旭が携帯電話で参考画像を出してみせる。それに二人は納得した様子だ。

「シャンパンタワーさぁ、ビールでやってみたくならない?」

そんなことを言ったのは濱旭だ。

「ビールだと、泡まみれにならないかな。それなら日本酒のほうが」

冬雪が返す。

「炭酸が入ってる系のほうが華やかだろう。ライトが泡で乱反射して」

その陽炎の言葉に、

「もういっそ、赤ワインとかで別物っていうのもいい気がするのよね」

時雨が言うが、

「なんだ、その血祭《ちまつ》りの塔《とう》は。色つきで炭酸ならピンドン一択だ」

即座に返した暁闇に対して、陽炎、冬雪、時雨、濱旭の四人は、

「「「「バブルか!」」」」

見事なハモリで返し、意味の分かっていない宵星と景仙は争奪戦的に残っていた生春巻きを取って食べていた。

——基本、自由だよな。ここに来るお稲荷さんって……。

そんなことを思っている秀尚の耳に、

「だが、一度やってみたいもんだな」

そう言った陽炎の言葉が届いた。

その言葉からいろいろなものが芽吹く前に、

「ここでやるの却下ですから」

秀尚が即座にぶった切る。

「おまえさん、光の速さでの突っ込みだな」

「見逃したら、ある程度組み立ててから俺に振るでしょ。そうなると断りづらいんでダメです。ここでやってグラスが割れても危ないし、それに、あれはちゃんと準備の整った場所でやるから特別感があっていいんです」

秀尚の言葉に納得したのは時雨だ。

「それは言えるわ。シチュエーションって、大事よね」

「それもそうか」

陽炎がそう言って腕組みをする。

意外とあっさり引き下がった陽炎に秀尚は安堵するが、いつその話題が戻ってくるか分からず、警戒は解かない。

だが、その後は、シャンパンタワーの話題は出ず、居酒屋は閉店した。

翌日、加ノ屋の営業を終えた秀尚は、やけに眠たさを覚えた。

明け方、雷《かみなり》で起きてしまったせいかもしれない。

冷蔵庫の中身を確認すると、とりあえず居酒屋が始まってすぐに出せるだけのものはあったので、少し眠ることにして二階の自室に戻った。

そして横になって少しするとあっという間に寝てしまい——ふと気がつくと、窓の外は真っ暗だった。

「え、寝すぎた！」

夏のこの時季、窓の外は七時くらいまでほんのり明るいはずなのだ。

それが真っ暗ということは寝すぎた以外にない。

——うわ、みんなどうしてるんだろう。

秀尚が寝ているので遠慮して帰ってしまったのだろうか？

そう思って階段を下りた秀尚は、目の前に広がる厨房の様子に絶句した。

白地に金のアラベスク模様の壁紙、簡素な照明器具はシャンデリア、コンクリート打ちっぱなしの床は毛足の長い赤の絨毯《じゅうたん》。

いつもみんなが食事をする配膳台には真っ白な布がかけられ、その上には所狭しと各種アルコールが並んでいる。

「え……」

戸惑いしかない。戸惑いしかない秀尚に止《とど》めを刺したのは、

「稲荷Heaven《ヘブン》へようこそ」

黒いスーツに身を包み、恐ろしくキラキラ感満載の様子で声をかけてきた陽炎（耳・尻尾付き）だった。

「へ？　陽炎さん？」

「おや、俺の名前を知ってくれているのか？　もしかしたら、表の看板を見て来てくれたのかい？」

いつもの「イケメンで気のいいお兄ちゃん」ではなく「イケメンで、もひとつめっちゃイケメンでキラキラのお兄ちゃん」な陽炎で返してくる。

——表の看板ってなんだ？

戸惑っていると、加ノ屋の玄関のほうから誰かが来る気配がした。

そこからやってきたのは、黒のゴスロリ姿の十重《とえ》と、白ロリ姿の二十重《はたえ》だった。なぜか魔法のステッキらしきものを持っている。しかし、色違いの服を着た双子というのは、もともとの可愛さも相まって破壊力抜群である。

「ああ、俺の天使たち。今夜も来てくれたんだね」

そう言って二人を出迎えたのは、上半分の黒の狐面は決して外さないものの、やはり黒のスーツ姿の暁闇だった。

「ごきげんよう、あけやみどの」

十重がそう言って貴婦人のように手を差し出す。暁闇は跪《ひざまず》いて十重の手を取ると、そのままお姫様抱っこを決める。

そのすぐ後ろに控えていたのは冬雪だ。

「やあ、僕のプリンセス。行こうか」

はにかむように笑う二十重にそう言って、同じようにお姫様抱っこをすると厨房の奥に連れていく。

——なんだ、このホストツートップは……。

いろいろ突っ込みたいが脳の処理が追いつかなかった。

「おまえさんはこの店は初めてだろう？　初来店のメニューがあるから、それにするといい」

十重と二十重を見送った後、陽炎はそんな説明をしてくる。

——いつもの悪ふざけか？　いや、それにしちゃ込み入りすぎてないか？

「さあ、そんなところに突っ立っていないで、行こう」

促されるまま、厨房の奥へ向かう。

奥と言っても、その先は裏庭に続くドアがあるだけのはずだった。

だが、いつの間にか厨房は——というよりもホストクラブ風の店内は——裏庭のスペースまで拡張されていた。

きらびやかな空間にはいくつものテーブルセットが準備され、常連稲荷たちはみんな一様に黒スーツだ。

そのテーブルセットには、十重二十重以外のあわいの子供たちもいるが、彼らは見習いホストのようで常連たちと同じように黒いスーツを着ておしぼりを運んだりしていた。

――可愛すぎだろ……。

「さ、おまえさんの席はここだぜ。それで、指名は俺でいいのかい？」

テーブルに案内されて、魅惑のイケメンスマイルを向けてくる陽炎に「ああ、この人、ちゃんとしたら真面目に格好いいんだな」と失礼なことを秀尚は思う。

「指名、ですか」

「ちょっと、抜け駆けしないで。ご新規さんは、誰がどんなか分からないだろうから、今夜はいろんな稲荷を指名したほうがいいわよ。アタシは時雨っていうの。ドリンクの準備するけど、何がいいかしら？」

流れるような営業トークに、突っ込むタイミングを見失う。

「じゃあ、とりあえずビールで」

「ビールね」

そう言って時雨が下がると、すぐさま濱旭がおしぼりを持ってきた。

「どうぞ。俺は濱旭っていうんだ」

——うん、知ってる。

思いながら、彼らはどこまで演技をするつもりだろうかと思う。

——もしかしてこれ『絶対に突っ込んだらいけない24時』みたいな？

陽炎なら、突然そんなことをやりそうな気がする。

手の込んだ茶番にどこまで乗るべきか悩んでいると景仙がビールを運んできた。だが、景仙の胸元には「staff」と書かれたネームプレートが下がっていて、どうやら妻帯者はホスト役免除らしい。

「あんたがご新規か。俺は宵星だ」

「あー、どうも」

「カレーを食べるか？」

「会話の振り方、雑すぎませんか。後で食べます、今はいいです」

「今日はグリーンカレーとナンだ」

宵星はカレーの紹介だけして去っていった。自由か。

とりあえずビールを飲むが、パニックになっているからか、正直何の味もしない。

そのうち、暁闇と冬雪の接待を受けていた十重と二十重がソファーの上に立ち上がり、

「「こんやは、めりしゃんたわーをふんぱつするわ！」」

高らかに宣言し、ホスト稲荷と見習いホストの子供たちから歓声が上がる。

その声を待っていたと言わんばかりに、陽炎がワゴンでシャンパンタワーを運んできた。

そして、子供向けシャンパン風飲料をタワーの最上段から流していく。

——雰囲気だけは出るなぁ……。

そんなことを思いながら上から順にグラスが満たされていくのを見る。すべてのグラスが満たされ、それが配られるのかと思いきや、

「皆さん、お待ちかねのダンスタイムに入るわよ」

時雨の店内放送が入り、そして流れてきたのはムーディーな音楽……かと思ったら「オクラホマミキサー」の牧歌的な旋律だった。

その音楽に合わせ、全員が踊り出し、

「さあ、おまえさんも行こう」

胡散くさいくらいにキラキラした陽炎が、王子様のように手を差し出してきて——。


「なんでオクラホマミキサー？」

耐えきれず突っ込んだ自分の声で、秀尚は目を覚ました。

窓の外は赤く染まっていた。時計を確認すると六時半。

「あー……夢か…」

——そりゃそうだよな、突っ込みどころ満載だったし。むしろ突っ込みの止まる暇がない勢いだったし。

そう思いながら伸びをして立ち上がる。

眠る前に確認した冷蔵庫の中身を頭の中に呼び出して、出す料理の順番を決めながら厨房へと下りる。

そして階段の一番下まで下りて秀尚は固まった。

そこには、嬉々として配膳台の上に買ってきたと思《おぼ》しきプラスチック製のグラスをシャンパンタワーよろしく積んでいる陽炎がいたからだ。

「お、寝てたのか？　いやぁ、やっぱりやってみたくなってな！　これならプラスチックだから倒れても割れる心配もないだろう？」

夢の中の胡散くさいキラキラ感の消えた、いつもの陽炎が、毎度ないい笑顔を見せる。

——うん、落ち着く。

シャンパンタワーについては後でちゃんと却下するとして、とりあえず安堵したのだった。

おわり

本書は書き下ろしです。

SH-059

こぎつね、わらわら
稲荷《いなり》神《がみ》のなつかし飯《めし》

2021年8月25日　第一刷発行

著者　松幸《まつゆき》かほ
発行者　日向晶
編集　株式会社メディアソフト
〒110-0016
東京都台東区台東4-27-5
TEL：03-5688-3510（代表）/ FAX：03-5688-3512
http://www.media-soft.biz/
発行　株式会社三交社
〒110-0016
東京都台東区台東4-20-9　大仙柴田ビル2階
TEL：03-5826-4424 / FAX：03-5826-4425
http://www.sanko-sha.com/

印刷　中央精版印刷株式会社
カバーデザイン　小柳萌加（next door design）
組版　大塚雅章（softmachine）
編集者　長塚宏子（株式会社メディアソフト）
印藤 純、菅 彩菜、川武當志乃、山本真緒（株式会社メディアソフト）

ISBN 978-4-8155-3530-8